Lina Kaiser
Im Abseits der Lichter

LINA KAISER

Im Abseits der Lichter

Bibliografische Information der Deutschen Nationalbibliothek: Die Deutsche Nationalbibliothek verzeichnet diese Publikation in der Deutschen Nationalbibliografie; detaillierte bibliografische Daten sind im Internet über http://dnb.dnb.de abrufbar.

Covergestaltung: Chris Wolff

Verlag: BoD · Books on Demand GmbH, In de Tarpen 42, 22848 Norderstedt, bod@bod.de

Druck: Libri Plureos GmbH, Friedensallee 273, 22763 Hamburg

ISBN: 978-3-7583-2897-8

Für mein jüngeres Ich und alle,
die sich fürchten, sie selbst zu sein.

PROLOG

»Warte mal, Katinka.« Debora hält mich zurück. »Was gibt es?«, frage ich und bleibe bei ihr stehen. Es ist bereits dunkel geworden. Der Wind pfeift durch die Äste der umliegenden Bäume. Meine Haare sind noch nicht ganz trocken nach dem Duschen und hier draußen wird mir prompt kalt. Ich habe keine Ahnung, was sie mit mir zu besprechen haben könnte. Wir haben uns noch nie viel zu sagen gehabt. Aber gut, ich folge ihr. Als Kapitänin der Mannschaft muss ich ein Ohr für alle haben. »Lass uns kurz unter vier Augen reden«, sagt Debora und nickt mit dem Kopf zur Seite. Sie will, dass ich ihr hinter das Vereinshaus folge. Die anderen Mädchen strömen aus der Umkleidekabine und verlassen nach und nach das Gelände. Aus den Fenstern des Vereinshauses schallen tiefe Stimmen, irgendeine Herrenmannschaft muss wohl noch anwesend sein. Vielleicht haben sie etwas zu feiern. Ich dagegen folge Debora missmutig zwischen Büschen und Wand um das Vereinshaus herum, bis wir dahinter zum Stehen kommen. »Also, schieß los«, sage ich schon leicht genervt. Soweit ich es bei diesen Lichtverhältnissen erkennen kann, mustert sie mich mit einem seltsamen Gesichtsausdruck.

»Ein super Spiel hast du gespielt«, sagt sie. Verhalten nickend bedanke ich mich. Ich weiß nicht, worauf das hinauslaufen soll.

»Du auch.«

Sie schaut verlegen zu Boden. Mir war nicht klar, dass Debora verlegen sein kann. »Die große Blonde, meine Gegenspielerin, fand dich ziemlich heiß«, sagt sie dann.

Nach einer kurzen Stille antworte ich: »Ah ja?« Dies sind die einzigen Worte, die mir einfallen. Was soll das? Ein mulmiges Gefühl überkommt mich.

»Ich dachte, ich frage dich einfach mal, wie du das findest?« Debora funkelt mich verwegen an. Die Situation wird zunehmend unangenehm. Will sie mich ärgern?

Ich stoße einen verächtlichen Lacher aus: »Sonst geht es dir gut, ja?« Ich will das Gespräch hier beenden, doch Debora kommt mir näher. Zu nah. Sie stellt sich mir in den Weg.

»Sei nicht so«, sagt, nein, flüstert sie. Sie nähert sich weiter an, so dass ich ein Stück zurückweiche.

»Kannst du mir verraten, was das soll? Ich bin müde, es ist kalt und ich will nach Hause. Halt mich nicht mit dummen Witzen auf.« Ich hoffe, sie kann meine Anspannung nicht heraushören. Jetzt ist ihr Gesicht direkt vor meinem. Uns trennen nur Zentimeter.

»Du kannst nicht gut schauspielern«, sagt sie leise. Bedrohlich. »Ich habe dich beobachtet. Ja, schon länger. Ich wollte dich schon längst darauf an gesprochen haben, aber ich wusste nicht wann. Also tu ich es jetzt. Tinka ... ich merke, wenn jemand mir lüstern auf Arsch und Brüste starrt.«

»Spinnst du?!«, platzt es aus mir heraus. Ich mache einen Schritt zurück, doch da ist die Wand, an die ich mich nun dränge. Und Debora lacht. »Aber das macht doch nichts. Pass mal auf ...«

8

Dann drückt sie mir ihre Lippen auf den Mund. Ich weiß nicht, wie mir geschieht. Mein erster Impuls ist, sie weg zustoßen, doch sie drückt mich fest gegen die kalte Mauer des Gebäudes. Dabei küsst sie weiter, wobei Küssen ein zu harmloses Wort dafür ist – es ist eher, als würde sie versuchen, mich zu fressen. Fordernd. Dominant. Und auf einmal lässt sie von mir ab. »Siehst du?«, grinst sie höhnisch. »Du wehrst dich nicht ein mal.«

Ein Räuspern. Wir beide schrecken zusammen und springen auseinander. Neben dem Haus ist Daniel aufgetaucht. Daniel – der Sohn des Geschäftsführers, der Stürmer der A-Jugend, der Schwarm aller Mädchen. Er grinst uns breit und frech an: »Ach was, Mädels, lasst euch nicht stören. Ich wollte nur die Bälle wegschließen.«

Schockstarre.

»Hau ab, du Milchgesicht!«, faucht Debora. Sie stampft auf ihn zu und er geht kichernd weiter. Verschreckt und verstört lehne ich noch immer an der Wand, als Debora zurückkommt. Ohne Worte greift sie nach ihrer Sporttasche und wirft sie sich über die Schulter. Und ohne einen weiteren Blick lässt sie mich stehen.

ERSTER AKT

Drei Wochen sind vergangen seit jener unsäglichen Szene. Und seit drei Wochen ist mein Leben nicht mehr dasselbe. Eigentlich führe ich ein überschaubares, nahezu langweiliges Leben, welches bald 18 Jahre zählt. Aufgewachsen bin ich in einer intakten Familie, in einer behüteten Wohngegend, in einer netten kleinen Stadt. Ich besuche eine Schule mit gutem Ruf, treibe Sport, spiele seit sieben Jahren im Fußballverein als Stürmerin. Seit einem Jahr bin ich sogar Kapitänin. Ich habe Freunde, vielleicht nicht übermäßig viele, aber es reicht. Wenn ich in den Spiegel schaue, freue ich mich über meinen trainierten Körper, meine großen Augen, meine reine Haut. Mein Leben ist nicht nur unkompliziert, es ist sogar recht ansehnlich. Und doch fühle ich mich seit nun mehr drei Wochen ... beschissen.

Es ist ein unzufriedenes, angefressenes Gefühl. Es sitzt in meinem Bauch und rumort mal stärker, mal schwächer, doch es ist beständig und lässt mir keine Ruhe. Manchmal bricht es aus mir heraus, manchmal zerfrisst es mich innerlich. Wenn man mich fragt, was denn nur los sei, kann ich es nicht genau benennen. Ich müsste längst aus der Hochphase der Pubertät heraus sein, schon klar, aber ich kann es nicht ändern.

Ich bin nicht mehr beim Training gewesen. Meine Mannschafts- und Klassenkameradin Katja hat mich gestern noch gefragt, woran das läge. Ich würde fehlen, sagte sie. Sogar Debora hätte schon nach mir gefragt. *Debora.* Mir läuft es eiskalt den Rücken herunter, wenn ich diesen Namen höre.

»Du machst dir doch nichts aus dieser Geschichte, die man sich erzählt? Wegen Debora und dir? Also ich glaube, da redet bald eh keiner mehr drüber«, sagte Katja zu mir.

»Darüber denke ich überhaupt nicht nach.« Thema beendet. Ich wandte mich dem Unterricht zu und ignorierte Katja die ganze restliche Stunde.

Am liebsten wäre mir, ich würde wirklich nicht darüber nachdenken müssen. Doch wie kann ich mich dem entziehen, wenn ich ständig auf so plumpe Art daran erinnert werde? Es ist nicht nur Katja. Mir kommt es fast so vor, als fiele den Leuten gar kein anderes Thema mehr ein, sobald sie mich sehen. Kurz nachdem Daniel uns erwischt hatte und Debora davon gestürmt war, wusste der ganze Verein von dem Kuss. Sogar meine Schwester hatte davon Wind bekommen und belagerte mich noch am selben Abend – »Tinka, seit wann stehst du auf Frauen? Wieso hast du mir das nie erzählt? Wie küsst sie so?« Ich habe ihr die Tür vor der Nase zugeknallt, mich aufs Bett geschmissen und geheult. Ich weiß, über sowas sollte man eigentlich drüber stehen. Aber Debora hat mich in diese unangenehme Situation gebracht, ich kann rein gar nichts dafür! Wäre ich nur ein wenig schlauer gewesen, so wäre ich das nächste Mal erhobenen Hauptes zum Training gegangen – und wenn jemand mich darauf angesprochen hätte, so hätte ich mit einem freundlichen Lächeln an Debora verwiesen und: »Sie ist die Lesbe«, gesagt. Aber ich war nicht schlau. Ich drückte mich vor dem Training und Debora tat, was ich im umgekehrten Fall hätte tun sollen: Sie erzählte, der

11

Kuss wäre von mir ausgegangen. Lockt mich in eine dunkle Ecke, stellt wirre Behauptungen auf und vergewaltigt mich beinahe, nur um dann zu erzählen, es wäre andersrum gewesen. Unfassbar, dass mir so etwas passiert. Dass sie es überhaupt gewagt hat!

Ich konnte sie noch nie leiden. Auch wenn sie eine sehr gute Verteidigern abgibt und für das Team unverzichtbar ist. Beim Fußball behandelte ich sie stets freundlich und lobte sie hin und wieder – sie muss es in den falschen Hals bekommen haben. Anders kann ich mir nicht er klären, wie sie auf die wirre Idee gekommen ist, mir könnte etwas an einem Kuss mit ihr liegen.

Ich merke es, wenn mir jemand lüstern auf Arsch und Brüste starrt, hat sie gesagt. Mir steigt jetzt noch die Schamesröte ins Gesicht, wenn ich an diesen Satz denke. Wie konnte sie nur so etwas sagen! Doch es nützt nichts. Jetzt ist es so. Die Leute glotzen, die Leute fragen. So lief es gestern und so lief es an jedem verdammten Tag der vergangenen drei Wochen.

Auch heute verfolgt mich dieser eine Moment wie ein Fluch. Mein bester Freund Milan dreht einen Bleistift zwischen den Fingern und grinst dabei gedankenverloren. »Weißt du, warum Debora beim Training nach dir fragt?«, sagt er zu mir gewandt. »Na weil sie das so geil mit dir fand! Die will dich!«

Die Fünfminutenpause vor dem Biologieunterricht genügt ihm schon, um meinen Tag nachhaltig zu versauen. Ich boxe ihn. »Weißt du, es gibt Dinge, die sind in keinster Weise lustig. Egal, wie du sie versuchst zu drehen«, sage ich betont vorwurfsvoll.

Er zuckt nur mit den Schultern und grinst weiter. Jedem anderen würde ich jetzt wohl an die Gurgel springen, doch ich weiß, dass Milan es nicht böse meint. Also bekommt er nur meinen missbilligenden Blick zu spüren.

»Mensch Tinka, echt, was bist du nur so empfindlich? Mädchen knutschen ständig miteinander, das ist doch keine große Sache. Außerdem hat sie sich doch auf dich gestürzt – du kannst nichts dafür«, legt Milan nun mit gesenkter Stimme und wissendem Blick nach, während unser Biologielehrer den Raum betritt. Ich merke, wie meine Wangen rot werden. Ein kurzer Blick durch die Klasse beruhigt mich halbwegs: Niemand schaut zu uns herüber. Dann wende ich mich wieder meinem Sitznachbarn zu: »Ich habe dir schon einmal gesagt: Ich will darüber nicht reden. Vor allem nicht hier!«

Immerhin ist Milan nun für den Rest der Stunde still. Aber in meinem Kopf rotieren wieder dieselben verstörenden Gedanken. Mein einst so angenehmes Leben ist zu einem angespannten geworden.

»Du musst das mal so sehen ...«, greift Milan das Thema später in der Pause wieder auf. »Wenn du weiterhin allergisch auf das Thema reagierst, werden alle Leute erst recht denken, dass da etwas dran ist!«

»Dass wo was dran ist?«

»Na, dass du ... dass du ...«

Ich sehe ihn an: »Dass ich lesbisch sein könnte?!« Die Worte kommen wie Schimpfwörter aus meinem Mund.

Milan schüttelt mitleidig den Kopf: »Du verziehst das Gesicht, als hättest du etwas Schlechtes gegessen. Hör bloß auf damit.«

Er stellt sich das so einfach vor. Anscheinend weiß er einfach nicht, was diese Gerüchte für mich bedeuten. Ich bin Mannschaftsführerin – wenn meine Mitspielerinnen denken, ich könnte

13

auf sie stehen, werden sie mich nicht mehr ernst nehmen können. Kein Mensch wird mich mehr als normal betrachten. Im Gegenteil. Das ist einfach nur unfair. Nie wäre mir in den Sinn gekommen, mit Debora herumzuknutschen. Nie wäre mir in den Sinn gekommen, ihr auf Arsch und Brüste zu starren. Vielleicht hatte ich einmal hingeschaut, meine Güte, das kann ja wohl mal passieren, vielleicht – aber starren? Niemals! Und doch ziehen plötzlich alle Menschen um mich herum in Erwägung, ich könnte auf Frauen stehen. *Unglaublich.* Ich stiere auf den Tisch vor mir und versuche, die Röte, die mir ins Gesicht steigt, zu kontrollieren. Der weise Milan. Jetzt kann er sich schön aufspielen und so tun, als wäre ich unglaublich verklemmt. Aber hätte irgendjemand behauptet, Milan sei schwul, so würde er nicht anders reagieren als ich – darauf wette ich!

Es ist Mittwoch. Heute wäre wieder Training. Noch vor Beginn der nächsten Stunde kommt Katja zu meinem Tisch und schaut mich auffordernd an. »Ich weiß noch nicht, ob ich komme«, sage ich direkt und will, dass sie verschwindet. Aber ihr rundes Gesicht sieht aus, als hätte sich im Hirn dahinter ein wichtiger Gedanke festgesetzt. Ein Lächeln breitet sich darauf aus und sie sagt: »Debora kommt heute nicht.« Als würde das viel ändern. Ich nicke und sie macht sich vom Acker. Es tut mir irgendwie leid, so kühl zu reagieren, aber ich kann gerade nicht anders. Selbst wenn sie mich nicht direkt auf den Fauxpas mit Debora anspricht, so schwingt das Thema trotzdem mit. Und daran lässt sich in etwa abschätzen, welche weitreichenden Folgen das kleine, miese Gerücht mit sich bringt. Ich muss mich irgendwie dagegen wehren, aber noch fehlt mir die richtige Strategie.

14

Unser Mathelehrer betritt die Klasse. Er ist ein komischer Kauz, mit Schnäuzer und sehr wenigen Haaren auf dem Kopf, die er über seine Glatze gekämmt hat. Immer schlecht gelaunt. Fast wie ich. Ein Mädchen mit langem, braunen Haar und Mausgesicht stellt sich an seine Seite. Es ist unsere Schülersprecherin, Emilia Weidering, und die Miene vom Mathekauz wird beinahe freundlich. Er wendet sich der Klasse zu und mahnt zur Ruhe, da unsere Schülersprecherin uns etwas zu sagen hätte. Mit autoritärem Blick schaut sie durch die Reihen und setzt zum Sprechen an, doch einer der Jungs aus der letzten Reihe kommt ihr zuvor: »Ja, am Wochenende ist Vorabiparty. Ja, wir sollen alle kommen. Sonst noch was?!«

Milan, der zuvor den Kopf auf der Tischplatte liegen hatte, schreckt auf und raunt: »Halt die Klappe, Mann.«

»Danke, Milan«, sagt die Schülersprecherin und schenkt meinem Sitznachbarn einen anerkennenden Blick. Ich glaube nicht, dass Milan das ihr zum Gefallen gesagt hat. Ich glaube eher, dass er weiterschlafen möchte.

»Wie ihr bereits gehört habt, feiern wir an diesem Samstag unsere erste Vorabiparty ...«, beginnt Emilia ihre Ansprache und ich stelle das Zuhören ein. Mich interessieren diese Partys herzlich wenig. Sich mit den ganzen komischen Leuten aus meiner Stufe zu betrinken, womöglich noch mit ihnen zu tanzen und so etwas wie Freundschaft zu heucheln, ist mir einfach zu doof. Das Mädchen vor der Klasse sieht das ganz anders als ich. So unterschiedlich können Menschen sein. Emilia ist genau der Typ Mädchen, der schon auf den ersten Blick völlige Andersartigkeit verglichen mit mir verrät. Diese ordentlich zusammengesteckten Haare, das gut gebügelte Blüschen, die sauberen, weißen

15

Schuhe ... Mein Haar hängt mir in unkontrollierten Strähnen ins Gesicht, mein Oberteil hat noch nie ein Bügeleisen gesehen, meine Converse weisen bereits erste Löcher an den Seiten auf. Sicherlich würde kein Mensch bei einem Püppchen wie Emilia jemals den Gedanken zulassen, dass sie ein Mädchen geküsst haben könnte. Was sie ganz gewiss auch noch nie getan hat. Aber bei mir, der Fußballerin, ist es natürlich absolut denkbar. Verdammt! Emilia fängt meinen Blick auf. Sie sieht etwas irritiert aus, aber ich tu ihr nicht den Gefallen, wegzuschauen. Ich glotze. Sehe ich da so etwas wie Unsicherheit in ihren Augen? Wahrscheinlich denkt sie, ich würde auf sie stehen. Ich schaue weg.

»Kommst du mit am Samstag?«, fragt mich Milan auf dem Weg zum Bus.

»Wohin?«

»Mann! Zur Vorabi natürlich«, sagt er im Brustton der Überzeugung.

Ich bin etwas perplex: »Du willst da wirklich hin? Mit wem?«

Er streicht sich die mittlerweile viel zu langen Haare aus der Stirn und schaut verschlagen drein. »Weißt du, ich habe Freunde.«

Idiot. »Und ich dachte, du hättest geschlafen, als das Fräulein ihre Ansprache hielt«, murmele ich. Wir erreichen die Haltestelle und bleiben etwas abseits der anderen Leute stehen.

Milan nickt und meint: »Habe ich auch. Aber ich plane schon länger, dahin zu gehen. Das wird lustig. Guck nicht so!«

Bis eben noch dachte ich, Milan und ich würden uns gut verstehen. Aber das tun wir wohl doch nicht. Wir kennen uns seit

16

dem Kindergarten und saßen bislang in jedem Schuljahr nebeneinander. Eigentlich kenne ich ihn besser als meine eigene Schwester.

»Tinka, sorry, aber ich habe das Gefühl, du weißt gar nicht mehr, was *lustig* bedeutet. Du lachst nicht mehr, du hast keine Lust auf nichts und überhaupt ...«

»Da kommt der Bus«, unterbreche ich ihn und gehe zum Straßenrand. Solche Diskussionen müssen nicht sein. Wenn er zu dieser Feier gehen möchte, dann soll er gehen – aber mich soll er damit in Ruhe lassen. Im Bus setze ich mich ganz nach hinten und erhasche einen Blick auf Milans Gesicht, als sich das Fahrzeug in Bewegung setzt. Er schaut demonstrativ weg. Manchmal habe ich das Gefühl, ich habe gar keine Verbündeten auf dieser Welt. Das war nicht immer so. Aber jetzt gerade in diesem Moment, ohne Zweifel.

Zu Hause fläze ich mich im Wohnzimmer aufs Sofa und schalte den Fernseher ein. Meine Mutter lässt in der Küche die Töpfe klirren. Sie ist so eine typische Mutter. Die Haustür öffnet sich und meine Schwester kommt herein, im Schlepptau hat sie ihren neuen Freund Tobias. Lea ist 15 und Tobias ist, ich tippe mal, ihr vierter Freund in drei Monaten. Auch Lea ist ganz anders als ich.

»Hey Tinka«, haucht sie in meine Richtung und zieht Tobias die Treppe rauf. Ich kann die beiden im Spiegel dabei beobachten, wie sie Händchen haltend nach oben steigen.

»Junge Liebe«, sagt meine Mutter, die den Esstisch deckt. Sie zwinkert mir zu.

Ich seufze: »Mama, es tut mir leid, dich enttäuschen zu müssen, aber nächste Woche bringt sie wahrscheinlich wieder

17

einen anderen, pickeligen Jungen mit.«

Daraufhin zuckt meine Mutter mit den Schultern und verschwindet wieder in der Küche. Sie freut sich für Lea. Ich glaube sogar, dass sie selbst in ihrer Jugend so sprunghaft von der einen großen Liebe zur nächsten gehopst ist. Irgendwann sagte sie einmal:»Katinka kommt eben mehr auf ihren Vater. Sie wartet so lange mit der Liebe, bis sie sich ganz sicher ist, dass sie diesen Menschen heiraten will.« Daraufhin lächelten meine Eltern sich vertraut an und mir wurde ein bisschen übel. Ich freue mich ja über ihre beständige Beziehung, aber mir ist unangenehm, dass sie sich offenbar auch über meine nicht vorhandenen Beziehungen Gedanken machen. Ich kann keinen Druck gebrauchen.

Später am Esstisch wird der arme Tobias nach Strich und Faden auseinandergenommen.»Und was machen deine Eltern so, Tobi?«, fragt meine Mutter in dem freundlichsten Ton, den sie fähig ist zu sprechen. Er antwortet brav, dass seine Eltern beide Lehrer sind, was meine Mutter unglaublich interessant findet, zumindest tut sie so, und schenkt ihm noch etwas Wasser ein. Lea schaut dabei immer kurz zwischen ihrem Freund und unserer Mutter hin und her, so als versuchte sie, zu deuten, ob er gut ankommt oder nicht. Eigentlich sollte sie mittlerweile wissen, dass hier jeder gut ankommt. Man könnte meiner Mutter einen drogenabhängigen Schläger vorsetzen, sie würde sich vermutlich mit leuchtenden Augen seine Lebensgeschichte anhören. So ist sie einfach.

Nach ein paar Minuten kehrt gefräßiges Schweigen ein, doch das hält nicht lange, denn weder meine Mutter noch meine Schwester können Stille ertragen. So fragt meine Mutter schließlich:»Gehst du heute zum Training, Tinka?« Während ich mir

18

noch eine Antwort zurechtlege, ergreift Lea das Wort:»Tinka traut sich nicht mehr, seit dieser Geschichte.«

Um Selbstbeherrschung bemüht, presse ich meine Lippen aufeinander. Wie kann Lea sowas am Tisch erwähnen? Vor Mama? Vor ihrem komischen Tobias?

»Nein, im Ernst? Tinka, du traust dich nicht mehr, wegen dieser Debora?«, fragt meine Mutter und schaut mich verwundert an. Daraufhin schaue ich Lea verwundert, nein, entsetzt an und versuche, ihr telepathisch mitzuteilen: *Wieso weiß Mama davon?!*

Meine Schwester schaut mich schuldbewusst an und ich raste innerlich aus. Sie hat es also weitererzählt. Meine eigene Schwester!

»Also, ich an deiner Stelle würde das Ganze einfach vergessen«, spricht meine Mutter freimütig weiter. »Ihr seid eine Mannschaft und müsst zusammenhalten, egal was sich intern für Dramen abspielen. Du hast Debora jetzt wahrscheinlich das Herz gebrochen, aber du bist trotzdem noch Kapitän des Teams.« Dabei pikst sie weiter in ihren Nudeln herum, als würden wir gerade über etwas so belangloses wie das Wetter reden. Mir fehlen die Worte. Alles ist so furchtbar peinlich! »Dein Trainer hat auch schon an gerufen«, höre ich meine Mutter noch sagen, doch da habe ich bereits meinen Teller genommen und verlasse den Tisch. Ich will alleine sein.

In meinem Zimmer ist es dunkel. Der Tag draußen ist grau und wirft sein kaltes Licht durch meine Fenster. Ein hässlicher Tag. Jetzt hat mich dieses große Missverständnis schon bis nach Hause verfolgt. Wie komisch, dass Mama mich nicht schon früher darauf angesprochen hat. Wahrscheinlich ist es ihr unan-

19

genehm gewesen. Das kann ich nur zu gut verstehen. Auf meinem Bett sitzend lasse ich den Blick durch den kleinen Raum schweifen. Er ist definitiv zu voll gestopft. Verglichen zu Milans Zimmer, und Milan ist immerhin männlich, ist mein Zimmer das reinste Chaos. Zusammengewürfelte Möbel voller Kram. Wenn das eigene Zimmer einen Menschen repräsentiert, so könnte man sich Sorgen um mich machen. Auf meinem Schreibtisch stapeln sich Papier und Hefte, auf dem Boden liegen Anziehsachen verstreut. In einer Ecke gammeln meine Fußballschuhe. Die Regale biegen sich unter der Last von Büchern und, mir wird schwer ums Herz, Fußballpokalen. Vier Stück stehen da. Es gab eine Zeit, da war unser Team sehr erfolgreich und egal, gegen wen wir antraten, wir haben einfach alles gewonnen. Aus dieser Zeit stammen die Trophäen, doch diese Ära ist schon lange vorbei. Neben ihnen steht ein Bild von unserer Mannschaft, das mittlerweile ein Jahr alt sein müsste. Auf dem Foto stehe ich ganz links, direkt neben unserem Trainer Rolf. Da sind Denise, Leonie und Britta ... Letztere ist nicht mehr dabei. Sie war einmal unsere beste Spielerin. Und eine gute Freundin. Aber sie ist weggezogen und seither bin ich Kapitänin. Vorne kniet Katja, damals noch dicker als heute. Und hinter ihr steht Debora. Hier sieht sie nahezu nett aus, doch das täuscht. Eine auffällige Erscheinung inmitten all dieser mehr oder minder athletischen Mädchen ist sie schon. Muskulöse Statur, ein Stückchen größer als ich ... Ziemlich dunkle Haut. Ihre schwarzen Augen funkeln selbstbewusst. Neben ihr wirke ich klein, bleich und beinahe zerbrechlich.

Ich wende mich ab und suche meinen Spiegel. Zwei braune Augen schauen missmutig auf sich selbst zurück. Eine schmale

20

Nase führt zu meinen etwas dünn geratenen Lippen. Mein Teint ist blass. Widerspenstige Haare umrahmen das Gesamtkonstrukt. Heute bin ich nicht zufrieden. Je länger ich schaue, desto sicherer bin ich, dass man mein Gesicht zwar als fein geschnitten – aber absolut 08/15 bezeichnen kann. *Sieht so eine Lesbe aus?* Meine Mutter hat Recht. Ich sollte das Ganze vergessen! Es kann nicht sein, dass ich mich wegen so eines Unfugs nicht mehr auf den Platz traue. Und doch ... Meine Mutter hat leicht reden. Unser Team hat sich immer damit gebrüstet, das wohl einzige Team im Kreis zu sein, das vollkommen heterosexuell sei. Ich weiß, es ist eine bescheuerte Sache, darauf besonders stolz zu sein; aber so war und ist es eben. Ich kenne durch den Fußball sehr viele junge Frauen. Ich habe schon gegen unzählige gespielt und einige davon sahen aus wie kleine Jungs. Um die machte ich auf und außerhalb des Platzes lieber immer einen Bogen.

Es klopft. Meine Mutter steckt den Kopf durch den Türspalt. »Tinka, möchtest du vielleicht reden?«, sagt sie und schaut mich mit diesem besorgten Mutterblick an. Dass aber auch niemand versteht, dass ich eben nicht reden will!

»Mama, da gibt es nichts zu reden.«

»Naja, ich glaube aber doch. Wenn du seit Wochen nicht mehr zum Fußball gehst, muss irgendetwas sein. Und wir scheinen die Ursache ja gefunden zu haben.«

Sie kommt herein und schließt die Tür. Ich bemühe mich, einen entspannten Eindruck zu machen. »Nein, es ist alles in Ordnung. Mir fehlt es lediglich an der Lust, zum Fußball zu gehen. Ich weiß, was Lea dir erzählt hat, aber da brauchst du dir keine Gedanken drüber zu machen«, sage ich und ringe mir sogar ein Lächeln ab.

21

Sie scheint nachzudenken und tritt von einem Bein auf das andere. Wie ein kleines Mädchen. Dann atmet sie tief ein und sagt:»Es ist nichts schlimmes, auf Frauen zu stehen.«

»Hör auf damit«, reagiere ich direkt. Ich fasse es nicht! »Warum schließt ihr alle darauf, dass ich auf Frauen stehen könnte? Ich stehe überhaupt nicht auf Frauen! Ich starre nie mandem auf Arsch und Brüste. Das ist alles doch nur ein fieses Komplott, um mich aus dem Team zu mobben – und du, sogar du, meine eigene Mutter, fällst darauf herein.«

Am liebsten würde ich mit irgendetwas schmeißen, doch gerade habe ich nichts zur Hand. Meine Mutter sieht mich immer noch besorgt an und schüttelt den Kopf:»Beruhige dich, bitte. Schatz, was weiß ich schon, was mit dir los ist? Du lässt mich ja nicht gerade viel teilhaben. Aber ich sehe, dass du grübelst und dich in deinem Zimmer verkriechst.«

Ich antworte mit Schulterzucken. Dann greife ich meine dicke Sporttasche und werfe sie auf das Bett. Aus dem Schrank ziehe ich Sportbekleidung und packe alles in die Tasche. Meine Mutter steht schweigend zwischen Bett und Tür und zieht die Augenbrauen hoch.»Also geht es heute doch zum Training?«, fragt sie, als ich den Reißverschluss schließe.

»Ich habe gerade ungeheure Lust, mich auszupowern.«

Als ich das Vereinsgelände erreiche, ist diese Lust verflogen. Aber es ist zu spät, um umzukehren. Weder Schweigen noch Reden hat irgendetwas genützt. Ich muss wohl Taten sprechen lassen, damit die Leute mich in Ruhe lassen. Ich durchschreite das Eingangstor. Links und rechts von dem Weg, der ein paar Meter weiter eine Treppe hoch und auf den Platz führt, befinden

22

sich kleine Bauten, in denen unsere Umkleidekabinen liegen. Sie sind schon etwas älter, und wenn man sie betritt, steigt einem immer ein leicht modriger Duft in die Nase. Verrückt, aber irgendwie merke ich gleich, als ich ihn wahrnehme, dass mir dieser Ort gefehlt hat. Unsere Kabine ist die letzte auf dem schmalen Gang. Bevor ich die Tür zu ihr öffne, bleibe ich kurz stehen und versuche mich zu sammeln, denn mein Herz schlägt viel zu wild. Es geht nicht. Ich bin nervös. Egal. Entschlossen betrete ich die kahle Kabine und gehe schnellen Schrittes auf das letzte Schließfach in der hintersten Ecke zu. Dort war immer mein Platz. Mit einem Tunnelblick laufe ich an den Anderen vorbei und sehe nicht einmal, wer sie sind. Ganz automatisch beginne ich, mich umzuziehen. Die anderen, es sind drei, sprechen mich nicht an. Somit herrscht ein seltsames Schweigen, doch ich bin dankbar dafür. In Windeseile stülpe ich mir meinen Trainingsanzug über, schnüre meine Schuhe und gehe genau so starr wie ein paar Minuten zuvor wieder hinaus. Entschlossen erklimme ich die paar Stufen zum Sportplatz, und während ich auf diesen zusteuere, binde ich mir die Haare zu einem Zopf. Ich schwitze jetzt schon.

Im Flutlicht wirkt unser Platz viel beeindruckender als bei Tageslicht. Unser Verein verfügt lediglich über dieses eine Spielfeld, das dazu auch noch aus Asche statt Kunstrasen oder gar Rasen besteht. Um ihn herum befindet sich eine 400 Meter Bahn, aus den Zeiten, als hier auch noch Leichtathletik trainiert wurde. Sie ist uneben und die Linien sind kaum noch erkennbar, aber sie wird noch gerne als Foltermittel, für Konditionstraining und Strafrunden, genutzt. Auf der gegenüberliegenden Seite des Eingangsbereiches befindet sich der einzige Stolz unseres Vereins.

23

Es ist eine kleine, aber recht neue Tribüne, die uns irgendein Gönner vor ein paar Jahren gesponsert hat. Andere haben so etwas nicht. Es sitzen zwar nie viele Leute dort, aber Hauptsache, wir haben so etwas. Ich muss schmunzeln. Mein Verein ist überschaubar, aber hier fühle ich mich wohl. Ich sehe Trainer Rolf direkt auf dem Mittelkreis des Platzes mit einem Netz voller Bälle in der Hand. Als er mich bemerkt, lächelt er.

Nach und nach treffen meine Mannschaftskolleginnen ein und wir versammeln uns bei Rolf. Niemand sagt etwas zu mir, noch nicht einmal Hallo, was mich schon wieder stört, aber es sieht mich auch niemand komisch von der Seite an. Debora ist, Gott sei Dank, nicht dabei. Rolf, der in seinem gut gefütterten Trainingsanzug wie eine kleine Kugel mit Mütze aussieht, ergreift das Wort: »Alles klar, Mädels. Die letzten Spiele waren Mist, das wisst ihr so gut wie ich. Aber wir werden aus den Niederlagen lernen! Außerdem freue ich mich, dass die Kapitänin wohl doch nicht von Bord gegangen ist.«

Jetzt schauen sie mich komisch von der Seite an. Ich betrachte die feinen Steinchen des Ascheplatzes und versuche, gelassen zu wirken.

Erst als Rolf uns zum Warmlaufen auf die Folterbahn schickt, schaue ich wieder auf. Wie habe ich das vermisst! Nach ein paar Minuten merke ich bereits, wie gut es mir tut, mich endlich wieder zu bewegen. Die Schwere meiner Glieder verschwindet, ich kann mein Blut pulsieren fühlen und wieder frei durchatmen. Und mit den Minuten schwindet auch die Anspannung in meinem Bauch. Katja ist die Erste, die sich traut, mich anzusprechen. »Na Katinka, kannst du denn überhaupt noch rennen?«, fragt sie und fordert mich zu einem Schlusssprint heraus. Da sage

24

ich nicht Nein. Ohne Probleme lasse ich Katja hinter mir und lache erleichtert auf. Alles ist halb so wild. Am meisten Spaß habe ich heute bei den Schussübungen. Schießen war schon immer meine Spezialität, aber selten habe ich es als so erfüllend empfunden wie heute. Der Ball ist mein Frust und ich trete ihn tot. Torhüterin Leonie hat ebenfalls ihren Spaß an meinen Schüssen. »Wenn ich die Dinger halten kann, mache ich mir keine Sorgen für das nächste Spiel«, ruft sie und die anderen stimmen ihr zu. Ich mag mein Team. Wie konnte ich es so lange allein lassen?!

»Bist du Samstag dabei?«, fragt mich Katja hinterher in der Kabine.

Diese Frage habe ich doch schon einmal gehört. »Sprichst du von der Vorabiparty?«

»Klar. Findet im Bunker statt, ist voll gut da.«

»Na, ich weiß ja nicht ...«

»Ach komm schon«, schaltet sich auch Leonie ein. Sie zieht sich ihr T-Shirt über den Kopf.

»Ich bin ja eigentlich nicht so die Partymaus ...«, meine ich.

Katja schüttelt den Kopf: »Beim Sommerfest warst du die Betrunkenste von allen!«

Alle lachen. Ja, das Sommerfest ist tatsächlich lustig gewesen. Ich kann mir schon vorstellen, dass ich mir auch die Vorabi-Party lustig trinken könnte. Leonie streift ihren Sport-BH ab. Ich schnelle zu meinen Schnürsenkeln herunter und fummele daran herum. Alle anderen Mädels entkleiden sich wie nach jedem Training und ich würde mich am liebsten ohrfeigen – ich hatte völlig vergessen, dass nun alle duschen gehen würden. In der Sammeldusche. Nackt nebeneinander. Wie immer.

25

»Also, kommst du mit?«, fragt Katja wieder und ich schaue ungeschickterweise zu ihr auf. Sie ist splitterfasernackt. *Sieh nicht hin, Katinka! Ich merke, wenn mir jemand lüstern auf Arsch und Brüste starrt...* Hochkonzentriert hantiere ich wieder an meinen Schnürsenkeln herum. »Ich überlege es mir, OK?«, sage ich, ohne irgendjemanden anzusehen.

»Super, das wird ein großer Spaß!«

Alle Mädchen verschwinden nach und nach in der Dusche. Nur ich nicht. Es ist mir unmöglich, mich wie gewohnt dazu zu stellen. Wie sollte ich bei dem Gequatsche und Gekicher, das immer beim Duschen herrscht, vermeiden, die anderen irgendwie mal anzuschauen? Wenn ich meinen Blick nur eine Sekunde lang nicht unter Kontrolle hätte, würden sie sicher denken, dass ich sie begaffe und im Anschluss direkt fürchten, ich könnte auf sie stehen. Selbst wenn ich mich zwingen würde, still schweigend die Kacheln an der Wand zu zählen, die anderen würden dennoch merken, wie unwohl ich mich fühle und wieder auf dasselbe schließen. Es ist verzwickt. Und ich habe gerade keine Lösung parat. Als auch die Letzte hinter der Wand verschwunden ist, ergreife ich also meine Chance und schnappe mir meine Sachen. »Wir sehen uns dann!«, rufe ich und verlasse die Kabine schwitzig und stinkig. Dann dusche ich eben zu Hause.

Am Samstagabend bin ich bereit. Entschlossen stehe ich vor dem Badezimmerspiegel und beginne, mir Mascara aufzutragen.

»Das willst du anziehen?«, erklingt die Stimme meiner Schwester, die im Türrahmen steht und mich mit einem zweifelnden Blick mustert. Ich trage ein schlichtes T-Shirt, das ich allerdings absolut angemessen für einen belanglosen Abend wie den heutigen finde.

»Ich will doch niemanden aufreißen«, sage ich.

»Willst du nicht?«, gibt sie mit seltsamen Unterton zurück.

Kurze Zeit stehe ich auf dem Schlauch, doch dann macht es Klick.

»Mit einem Schlag wären alle Gerüchte dahin«, erklärt Lea und grinst.

Manchmal liebe ich meine Schwester. »Hast du irgendwas ... was mich sexy macht?« Und so folge ich ihr zu ihrem vollgestopften, ja überquellenden Kleiderschrank voller mehr oder minder schöner Shirts, Röcke, Jacken, Kleider, Schuhe ... Nach mehreren Versuchen blieben wir bei einem enganliegenden Top mit tiefem Ausschnitt hängen.

»Das betont deine schlanke Taille und lässt auch deine Brüste größer wirken. Perfekt!«, befindet meine Schwester. Recht hat sie. »Wenn ich dich jetzt noch schminken darf, wird dir kein Kerl der Welt widerstehen können.«

Und auch wenn sie damit indirekt meine lausigen Schminkkünste kritisiert hat, lasse ich sie machen. Ultramädchenhafte Mädchen haben einfach den Vorteil, Ahnung von Mädchensachen zu haben. Und heute Abend will ich mit weiblichen Reizen nicht geizen. Heute werde ich versuchen, alles wieder gut machen, Spaß haben und die Last der letzten Wochen hinter mir lassen. Stolz präsentiert Lea mich unseren Eltern, die ihren Abend vor dem Fernseher verbringen.

»Mein Gott, bist du das, Tinka?«, sagt mein Vater übertrieben ungläubig. Ich seufze. Das nervt mich schon wieder. Meine Mutter macht nur große Augen.

»Ja, so ein Vamp kann meine Schwester sein«, sagt Lea

27

kichernd und dreht mich hin und her wie eine Puppe.

»Alles klar, ich hau ab«, sage ich und bewege mich in Richtung Tür.

»Mach keinen Mist!«, ruft mein Vater und lacht dabei. Er freut sich richtig, dass ich mal wieder abends ausgehe. Verrückt. »Grüß den bekloppten Milan. Und erzähl mir morgen alles«, verabschiedet mich Lea an der Tür. Guter Dinge mache ich mich auf zu Milans Haus, wo wir zum Vortrinken verabredet sind.

Es braucht nur ein paar Schlucke Billigsekt und Bier – schon torkle ich Arm in Arm mit zwei von Milans Bandkollegen durch die Straßen. Dennis und Andi. Super Typen. Auch ich fühle mich super. Wir laufen direkt hinter Milan und Sven, der seine Freundin, deren Namen ich schon wieder vergessen habe, an der Hand hält. Milan dreht sich zu uns um und reicht mir seine Flasche Bier. Die Lichter der Innenstadt haben noch nie so fröhlich geleuchtet wie an diesem Abend. Der Weg zum »Bunker«, dem Disko-Schuppen, in der unsere Vorabi-Party steigt, kommt mir auch gar nicht lang vor. Plötzlich stehen wir davor und reichen noch schnell unseren Alkohol umher, denn mit den Flaschen hätten uns die bulligen Türsteher nicht hereingelassen. Bevor ich eintrete, ermahne ich mich noch schnell, einen klaren Eindruck zu machen und völlig zielgerichtet zu laufen, was gar nicht so einfach ist. Ungeschickt stoße ich mit Svens Freundin zusammen, die daraufhin mit ihren hohen Absätzen umknickt und mich mit ihren Augen böse anfunkelt. Milan erkennt die Situation sofort und schiebt uns weiter, bevor die Türsteher auf uns aufmerksam werden können.

»Tinka, reiß dich kurz zusammen«, sagt Milan leise zu mir.

»Du bist genau so angetrunken wie ich, Herr Moralapostel«,

28

kontere ich, und siehe da, ich werde von dem Mann in den schwarzen Klamotten ohne Nachfragen in den Bunker gelassen. Ha! Milan muss seinen Ausweis vorzeigen und ich lache.

»Als wäre ich noch keine 16 ...«, murmelt er erbost, als er zu mir und den anderen stößt.

Es ist laut und bunt. Im ständig wechselnden Licht des Bunkers sind die Gesichter der Menschen schwierig zu erkennen, was mich aber nicht weiter stört. Der Beat bringt Boden und Wände zum Vibrieren. Ich dränge mich an ein paar Grüppchen vorbei und kämpfe mich bis zur Bar vor. Plötzlich stehen Katja und Leonie neben mir und grinsen, als wären wir die allerbesten Freundinnen. Wir umarmen uns überschwänglich und bestellen Mixbier.

»Ey Tinka, wir haben noch nie zusammen Party gemacht!«, schreit mir Leo ins Ohr.

»Ja, krass«, schreie ich zurück.

»Dann lass uns mal richtig reinhauen!«

Und das tun wir. Ich kann nämlich Party machen. Wenn ich es bis dahin noch nicht wusste, so ist es mir jetzt klar geworden: Ich kann richtig Party machen. Mitten im Gedränge der Meute schwinge ich Haar und Hüften. Ich schwitze, doch das tun alle und so gebe ich mich weiter der Hitze hin. Einmal suche ich die Toilette auf und stelle beim Blick in den Spiegel unbekümmert fest, dass meine so sorgsam aufgetragene Mascara verschmiert ist.

»Du siehst richtig verrucht aus«, sagt Leonie.

»Sehr gut«, antworte ich.

Ich weiß nicht, wie spät es ist. Ich weiß auch nicht, wo Milan und seine Band abgeblieben sind. In einer der Sitzecken rund um

29

die Tanzfläche entdecke ich Debora. Schaut sie mir zu? Hoffentlich schaut sie mir zu! Sie sitzt da ganz allein und sieht nicht so aus, als hätte sie Spaß. Zufrieden drehe ich mich weg und tanze weiter. Ein Typ bewegt sich auf mich zu. Ehe ich mich versehe, hat er seine Hand an meiner Taille und zieht mich näher. Das Spielchen kommt mir sehr gelegen und so lege ich meine Arme um ihn. Ich weiß, dass die Anderen uns sehen. Ein williges Grinsen erstreckt sich über sein Gesicht. Die Hände packen fester zu. Wir tanzen eng und ich gebe mir Mühe, mich möglichst sexy zu bewegen. Ich wackle mit dem Hintern, fahre mir durchs Haar, beiße mir auf die Lippen. Er schaut mir in die Augen. Finde ich, dass er gut aussieht? Bevor ich die Frage für mich klären kann, küsst er mich. Er schmeckt nach Bier. Sollte ich das jetzt gut finden? Ich löse mich aus dem Kuss, fühle mich wirr und halte mich an seinen Schultern fest. Wer ist dieser Typ hier vor mir überhaupt? Vielleicht sollte ich gehen.

In diesem Moment sehe ich am Rand der Tanzfläche eine wohlbekannte Person taumeln. Ohne Worte stoße ich mich von meinem Flirt ab und bahne mir einen Weg zu Milan. Auf dem Weg zum Ausgang erreiche ich ihn und greife nach seinem Arm: »Milan! Wo warst du? Was machst du?«

Sein glasiger Blick irritiert mich, dann schüttelt er den Kopf und lallt: »Ich muss kotzen.«

Schon stehe ich mit einem stöhnenden Milan draußen vor dem Bunker. Er hält sich den Bauch, jammert und sinkt auf den Boden. Ich ziehe an seiner Schulter und ermahne ihn, wieder auf zustehen. »Wenn, dann kotz da hinter ein Auto. Meine Güte«, sage ich, doch er bewegt sich nicht weg. Mir wird kalt. Kein Wunder, schließlich stehe ich hier in einem durchgeschwitzten

30

Top in der Kälte einer windigen Novembernacht. Meine Jacke und Tasche liegen noch in der Garderobe.

»Geht es ihm nicht gut?«, erklingt eine Stimme hinter mir. Diese äußerst dumme Frage stammt von keiner anderen als unserer Schülersprecherin Emilia Weidering, die irgendwie aus dem Nichts aufgetaucht sein muss.

»Nein. Ihm geht es nicht gut«, gebe ich trocken zurück und versuche, möglichst gerade zu stehen. Reicht ja, wenn Milan das Alkoholopfer abgibt. Emilia wendet sich Milan zu, der sie benommen ansieht und dann zu einem Gebüsch hinüber kriecht. Bestimmt wird ihn diese Szene bis ins Jahrbuch verfolgen.

»Er muss nach Hause«, sagt Emilia. Sie schaut mich an, als hätte ich mich darum zu kümmern. Irgendwie kann ich nicht richtig nachdenken und schaue einfach nur zurück.

»Hast du deine Sachen noch drinnen?«, fragt sie mich und deutet auf meine nackten Arme. Ich habe angefangen zu bibbern.

»Ja, und er auch.«

»Gib mir eure Verzehrkarten.«

Also wanke ich zu meinem kotzenden Freund hinüber und ziehe ein grünes Kärtchen aus seiner Arschtasche. Der stechende Geruch von Erbrochenem steigt mir in die Nase und kurz fürchte ich, mich selbst übergeben zu müssen. Schnell bin ich zurück bei Emilia und gebe ihr unsere Verzehrkärtchen. Sie eilt zurück in den Bunker. Die Jacken und Taschen hätte ich auch holen können, aber anscheinend meint sie, jemand müsse bei Milan bleiben. Ich aber habe keine Ahnung, wie ich ihm helfen sollte, und so stehe ich weiter in einigem Abstand hinter ihm, bis Emilia zurückkommt. Ich ziehe die Jacke über und gebe Milan seine. Mittlerweile hat er aufgehört zu erbrechen und sitzt zusammen-

31

gekauert auf dem grauen Asphalt.

»Ihr habt kein Geld mehr für ein Taxi«, sagt Emilia. »Für euren Verzehr musste ich eben all eure Scheine ausgeben.«

»Dann muss er eben laufen«, meine ich, doch Milan stöhnt: »Ich kann nicht. Ich bleibe hier.«

Emilia stemmt die Hände in die Hüften und guckt ihn sorgen voll an. Drollig sieht sie aus. Sie erinnert mich an meine Mutter. Nur dass Emilia schlanker ist. Und dunklere Haare hat. Und eine kleinere Nase. Ach, und überhaupt ganz anders ist.

»Vielleicht solltest du aufhören, mich so anzuschauen und lieber deinem Freund helfen«, reißt sie mich plötzlich aus meinen Gedanken. Von ihrem irritierten Blick erschrocken, wende ich mich ohne Umschweife wieder Milan zu.

Ein paar Minuten später sitzen er und ich auf dem Rücksitz eines Kleinwagens. Milans Kopf lehnt am Fenster. Er atmet durch den Mund ein und aus und lässt die Scheibe beschlagen. Einen elenden Eindruck macht er, aber ich fühle mich auch nicht viel besser. Ungläubig gucke ich von Emilia auf dem Beifahrersitz hinüber zum Fahrer des Pkws. Es ist tatsächlich Daniel. Daniel, der furchtbare Kerl, der Debora und mich erwischt hat und die Geschichte dann verbreitete. Und wir sitzen jetzt hier in seinem Auto, weil Emilia keine andere Lösung sah, als uns von ihrem Freund nach Hause fahren zu lassen. Als dann eben jener Daniel neben ihr auftauchte, habe ich mich furchtbar erschrocken.

»Ach, Katinka – dich trifft man ja in den komischsten Situationen«, sagte er, und ich meine so etwas wie einen belustigten Unterton herausgehört zu haben. Ich mag ihn nicht.

»Kannst du denn noch fahren?«, fragte ich kühl und Emilia

32

antwortete:»Wir trinken nie.«

Hilflos und betrunken von diesem vorbildlichen, nüchternen Traumpaar nach Hause gefahren zu werden, ist wohl mit Abstand das Erbärmlichste, das ich in diesem Leben jemals über mich habe ergehen lassen müssen. Milan liegt schon längst in seinem Bett, als die beiden mich absetzen.

»Sei froh, dass du morgen kein Spiel hast«, sagt Daniel und grinst, so dass seine perfekten Zähne im Laternenlicht aufblitzen. Mit einem erzwungenen Lächeln winde ich mich aus dem Auto und stoße dabei mit Emilia zusammen, die mir die Tür aufhält. Ich murmele ein »Entschuldige« und sie lächelt matt.

»Aber schön, dass ihr gekommen seid«, sagt sie. Ich bin mir nicht sicher, ob sie das ernst meint oder ob sie sich über mich lustig macht. Also sage ich noch tonlos »Gute Nacht«, wanke zum Haus und verschwinde darin.

Ich habe ganz vergessen, wie sehr ich die Tage nach durch zechten Nächten hasse. Mit dickem Schädel, trockenem Mund und einem alles überdeckenden Geruch von Rauch in der Nase erwache ich in meinem Bett. Wasser. Ich brauche Wasser. Mühsam richte ich mich auf und greife die Flasche, die neben meinem Bett steht. Es geht doch nichts über frisches Mineralwasser. Leben fließt zurück in meinen Körper. So. Und jetzt brauche ich eine Kopfschmerztablette. Ich quäle mich die Treppen hinunter in die Küche. Dort stehen Lea und meine Mutter. Beide machen ein belustigtes Gesicht, als sie mich sehen.

»Und? Und?«, bedrängt mich Lea direkt.

»Kopfschmerzen«, gebe ich mit gebrochener Stimme zurück und meine Mutter reagiert mutterhaft schnell. Sie holt eine Aspi-

33

rin aus dem Schrank, die ich dankbar nehme. Dann wird mir noch ein Brot geschmiert und ein Glas Milch gereicht, so dass ich mich ohne weitere Anstrengungen nur noch an den Tisch setzen muss.

»Es war nicht der Knaller«, erzähle ich. »Milan hat irgendwann angefangen zu kotzen.«

»Oh je«, seufzt meine Mutter. »Das passiert immer wieder.«

»Und du hast keinen Typen kennengelernt?«, hakt meine Schwester nach.

Vage Erinnerungen steigen hoch. »Da war einer...«

»Geil!«

»Nein ... das war genau, als Milan anfing zu kotzen. Ich weiß nicht, wie er heißt, ich weiß nicht einmal mehr, wie er aussieht.«

Ich höre meine Mutter wieder seufzen.

Den ganzen restlichen Tag verbringe ich in einem nutzlosen Zustand. Ich schleppe mich von Sofa zu Bett, von Bett zu Bad und wieder zurück. In den Zwischenzeiten denke ich über den gestrigen Abend nach. Habe ich mit diesem Jungen eine große Chance verspielt? Hätte ich weiter gehen müssen? Aber vielleicht reicht es schon, dass die Anderen uns gesehen haben. In jedem Fall reicht es, dass Debora uns gesehen hat. Das wird ihr zu denken geben. Und allen anderen auch. Nur Milans Absturz, der ist wahrlich dumm gelaufen. Vor allem, dass uns Oberstreberin Emilia und Sunnyboy Daniel retten mussten. Morgen in der Schule werden alle davon wissen. *Peinlich.* Ich liege in meinem Bett und stelle mir gerade vor, wie meine Mitschüler hämisch hinter meinem Rücken kichern, als plötzlich mein Handy klingelt. Unbekannte Nummer.

»Hallo?«, nehme ich unsicher ab.

34

»Äh ...hi!«, ertönt eine männliche Stimme, die ich nicht zu ordnen kann.»Ich bin es ... Julius. Juli genannt. Von gestern. Vielleicht erinnerst du dich?«

Oh Gott. Ist das etwa der Typ?! »Habe ich dich im Bunker kennengelernt?«

Er lacht:»Ja, so war es. Wir haben getanzt ... Und dann warst du weg.«

Er ist es wirklich.»Ja. Entschuldige. Aber ähm, woher hast du meine Nummer?«

»Von Emilia. Emilia Weidering? Die aus deiner Stufe. Sie ist meine Schwester.«

Scheiße.

»Bist du noch dran?«

»Ja, ja klar. Sowas aber auch! Deine Schwester. Zufälle gibt es.« Was soll ich dazu sagen. Er stammelt irgendetwas von Treffen und ob wir mal ins Kino gehen könnten. Und fast würde ich das süß finden, doch mein langsames Hirn knabbert immer noch an der Tatsache, dass er der Bruder von Emilia ist. Ich gehe den einfachsten Weg und bejahe alles, während ich versuche zu verstehen. Und dann legen wir auf. Nächsten Freitag acht Uhr, mit Juli, 21 Jahre alt. Ich lasse mich zurück ins Kissen fallen und starre zur Zimmerdecke. Wow. Mein anfänglicher Schock legt sich und ein aufgeregtes Kribbeln erobert mein Inneres. Siehst du, Welt? Katinka Ebbers hat einen Kerl aufgerissen! Sie hat ein Date mit Julius Weidering.

Als ich Milan am nächsten Morgen davon berichte, ist er völlig überrascht.»Du? Du datest jetzt Julius Weidering? Oh mein Gott! Wer bist du und was hast du mit Katinka gemacht?«

35

Ich verstehe nur Bahnhof:»Warum sollte ich ihn nicht daten?«

»Na weil er ... weil er eben der Bruder von Vorzeigepüppchen Emilia ist. Er wird auch ein schleimiger Streber sein.«

»Quatsch. Du spinnst.«

So kam Juli mir nicht vor. Die Art wie er mich an sich gezogen hatte, wie schnell er zur Sache gekommen war ... Das sprach nicht sehr für einen Schleimer. Eher für einen Macho. *Na klasse.* In diesem Moment taucht Katja neben uns auf, fröhlich grinsend:»Ich habe von dir und Julius Weidering gehört. Katinka, du hast Geschmack!« Eine leichte Röte schleicht sich auf ihre Wangen. Ich bedanke mich und schenke Milan ein triumphierendes Grinsen. Kaum zu glauben, wie gut nun alles läuft.

In der Pause suche ich mir einen ruhigen Platz, lasse den Blick über das wuselige Treiben meiner vielen Schulkameraden schweifen und fühle mich zum ersten Mal seit langer Zeit angenehm entspannt. Ich bilde mir nicht einmal ein, von irgendwem komisch angesehen zu werden. Nein, die Leute sind alle mit sich selbst beschäftigt und lassen mich auf meiner Bank sitzen. Als wäre alles ganz normal. Und das ist es ja auch. Endlich bin ich wieder normal! Ich hätte viel früher auf die Idee kommen sollen, die Gerüchte durch Eigeninitiative zu bekämpfen. Mit Julius Weidering an meiner Seite würde niemand mehr auf die Idee kommen, mich eine Lesbe zu schimpfen. Selbst Deboras üble Nachrede könnte da nichts ausrichten, weil ich den absoluten Beweis meiner Heterosexualität vorzuweisen hätte. Grandios!

»Du siehst aber fröhlich aus heute.«

Ich zucke zusammen, als ich die Schwester meines neuen

Glücksgaranten vor mir stehen sehe. Sie hat ihr Anhängsel Nicole dabei, eine ebenfalls zierliche, puppenartige Gestalt mit hellblondem Haar. Die beiden sieht man eigentlich immer zusammen und ich kann beide gleichermaßen wenig leiden. Emilia lächelt zaghaft, während Nicole mich neugierig beäugt, ganz so, als hätte sie mich noch nie vorher gesehen. Sie setzen sich neben mich, was ich argwöhnisch registriere.

»Ich habe gehört, du bist mit meinem Bruder verabredet.« Emilia wirkt aufgesetzt freundlich. Jahrelang haben wir nicht ein Wort gewechselt. Jetzt plötzlich bin ich interessant geworden. Mir wäre es lieber, sie wäre nicht Julius Schwester und wir könnten uns weiter ignorieren, aber na gut, dies ist wohl der Nachteil meines Techtelmechtels. Ich nicke also und lächele ebenso freundlich zurück.

»Ich freue mich für euch. Ob er allerdings etwas für dich ist – naja, das muss sich zeigen.« Nicole schaut mich mitleidig an.

Ok. Was ist das denn jetzt für eine blöde Tour? »Was soll das heißen?«

Die beiden Freundinnen schauen sich kurz an, dann senkt Emilia scheu den Blick und murmelt: »Naja, man erzählt sich so einiges.«

»Bitte? Wenn du mir was zu sagen hast, immer raus damit.« Hält sie sich und ihren Bruder vielleicht für etwas Besseres? Oder geht es hier wieder um das dumme Gerücht? Nicole zupft an ihrem Kragen herum und räuspert sich, sagt aber weiterhin nichts. Die Weidering scheint auch nicht weiter darauf eingehen zu wollen. Stattdessen schaltet sie wieder auf supernett um und säuselt: »Daniel und ich kommen am Freitag mit. Dann lernen wir uns auch gleich besser kennen.«

37

Oh nein. Bevor ich noch irgendetwas dazu sagen kann, stehen beide synchron auf. Emilia wünscht mir noch einen schönen Tag, Nicole hakt sich bei ihr unter und schon verschwinden sie zwischen den vielen Menschen auf dem Schulhof.

Manchmal vergehen ganze Wochen wie im Flug; gerade dann, wenn man sich wünscht, sie würden sich etwas länger ziehen. Alles ging seinen gewöhnlichen Gang. Ich bin sogar beide Male beim Training gewesen, ohne Angst vor Debora zu haben, denn sie scheint nun vor mir wegzulaufen. Vielleicht war sie krank, vielleicht war sie aber auch einfach nur feige. Keine Ahnung, was in dem Kopf dieser Frau abgeht. Aber ich habe auch keine Lust, da weiter nachzuforschen.

In den letzten Tagen habe ich mich ausschließlich wegen des heutigen Dates mit Julius verrückt gemacht. Allein die Tatsache, dass ich nicht einmal mehr genau weiß, wie er aussieht, macht mich nervös. Ich habe versucht, ihn in diversen sozialen Netzwerken zu suchen, aber er scheint dort nicht vertreten zu sein. Stattdessen fand ich eine Internetseite über die *Weidering Textil GmbH*. Offenbar handelt es sich dabei um ein hier ansässiges Unternehmen, das sich um die Textilproduktion von Matratzen und technischem Gewebe kümmert. Wahnsinnig langweilig. Schnell klickte ich mich zurück auf die interessanteren Seiten, suchte nach Emilia und konnte auch diese nicht finden. Dafür bin ich auf fünf verschiedenen Profilen von Daniel gelandet, jedes mit einem anderen Foto versehen, allesamt qualitativ sicher modelreif. Im Grunde macht es Julius sympathisch, dass er sich nicht so darzustellen versucht. Wenn ich auch nichts anderes über ihn weiß – charmant ist er allemal. Er hat mir noch ein paar

Nachrichten geschickt, die mir irgendwie geschmeichelt haben. Ich wäre ihm schon beim Betreten des Bunkers direkt ins Auge gefallen, aber er hätte nicht gewusst, wie er mich ansprechen sollte. Und jetzt sei er so froh, dass er sich anscheinend nicht blamiert hat und ich ihn sogar treffen wolle. Keine Ahnung, ob er alles genau so meint, wie er es schreibt, aber warum sollte ich das in Frage stellen? Mir scheint es, als hätte ich da wirklich einen anständigen jungen Mann kennengelernt, ohne es überhaupt darauf angelegt zu haben. Eigentlich wollte ich ja nur ein bisschen Aufmerksamkeit erheischen, doch wenn Juli Weidering sich heute nicht doch noch als Gesichtsgrätsche entpuppt, nun, wer weiß, wohin das führen könnte? Aber Schluss damit. Nichts erzwingen. Ruhe bewahren. Diesmal sind die Voraussetzungen andere. Lea braucht mich nicht herauszuputzen. Julius muss mich ja so mögen, wie ich als wirkliche, alltägliche Katinka eben bin. Und dieses Mal werde ich nüchtern sein und somit auch viel langweiliger. Und ja, leider werden auch noch zwei der unerträglichsten Menschen, die ich kenne, dabei sein. Kein Wunder also, dass ich leicht angespannt bin.

Um Viertel nach sieben schellt es an der Tür. Bevor meine Mutter es schafft, die Tür zu öffnen, habe ich es schon getan. Vor mir steht ein dunkelhaariger Typ, ähnlich blass wie seine Schwester, aber mit einem lieben Lächeln. Er ist ein gutes Stück größer als ich und hat ein ziemlich breites Kreuz. Auf seiner dunkelbraunen Jacke prangt ein teures Markenlogo und schon fühle ich mich ob meiner schlichten Kleidung etwas fehl am Platz. Das ist also Julius.

»Hi...«, sage ich leise und er erwidert es.

»Sie müssen Julius sein, hallo!«, sagt meine Mutter und reißt

39

die ganze Situation sofort ins Peinliche.

»Guten Abend«, gibt er freundlich zurück und schüttelt ihr die Hand. Ich trete hinaus und gebe meiner Mutter zu verstehen, hier keinen Smalltalk halten zu wollen. Schon steht auch mein Vater in der Tür und mustert Julius. Ich verabschiede mich in Windeseile und ziehe ihn von der Tür fort. Bloß weg hier. Als die Tür ins Schloss fällt, lacht er und meint: »Richtig nette Eltern hast du.« Ich rolle mit den Augen. Vor unserem Haus steht ein kleiner blauer Sportwagen, der viel zu teuer für einen 21-Jährigen aussieht. »Denk nicht, das wäre meiner. Der gehört meinem Vater«, sagt er und öffnet mir ganz gentlemanlike die Beifahrertür. Auf dem Rücksitz befinden sich Daniel und Emilia. Er grinst so blöd wie immer und sie sieht aus, als wäre sie gerade überall lieber als hier. Meine eh angespannte Stimmung bewegt sich in keine heitere Richtung. Das kann ja nur ein toller Abend werden...

An der Kinokasse schauen wir uns die gleich angesetzten Filme an. Ein Actionthriller, ein Liebesfilm, eine Komödie.

»Na, da fällt die Entscheidung ja nicht schwer«, sagt Daniel. »Wir gehen in Robot Transformation III.«

Julius stimmt ihm zu. »Alles andere ist Mist.«

»Ihr wollt in einen Film über Roboter, die Menschen die Gehirne rausschneiden und selbst zu Robotern machen, gehen? Ist das euer Ernst?«, schaltet sich Emilia ein.

»Och, Lili«, meint Daniel und legt seinen Arm um sie.

»Eigentlich sollte Katinka entscheiden«, meint Emilia dann und schaut zu mir. Bis jetzt bin ich mir wie eine stumme Zuschauerin eines durchschnittlichen Teeniefilms vorgekommen; so wenig sind alle bisher auf mich eingegangen und so lächerlich waren alle bis dahin geführten Gespräche. Daniel hat den ganzen

40

Weg über mit Julius über irgendein Videospiel geredet, was ich unglaublich einschläfernd fand. Ich denke, Emilia ist es dabei ähnlich gegangen, denn immer wenn ich im Rückspiegel einen Blick auf sie erhaschte, schüttelte sie den Kopf oder gähnte gar. Nun bin ich fast erschrocken, als sich die allgemeine Aufmerksamkeit auf mich richtet. »Ich weiß gar nicht, worum es in den anderen Filmen geht«, sage ich.

»Na also, wir gehen in Robot Transformation«, ruft Daniel, als wäre das meine finale Antwort gewesen. Emilia wirft ihm einen missbilligenden Blick zu. »Sei keine Memme, Süße«, sagt er.

»Auf Roboter habe ich keine Lust«, ergreife ich wieder das Wort und Daniels fröhliche Miene schwindet sofort.

»Vielleicht sollten wir allein in den Film gehen, Juli«, sagt er und zwinkert Julius zu, während Emilia seufzend den Kopf schüttelt.

»Wie wäre es mit etwas Spaß«, sage ich. »Gehen wir in die Komödie.«

Julius zuckt mit den Schultern, Daniel zieht die Mundwinkel runter und Emilia schenkt mir ihr erstes Lächeln des Abends. Vielleicht nimmt der Abend doch noch einen irgendwie heiteren Verlauf.

Zumindest bis zur Hälfte des Films. Denn wie ich nun feststelle, habe ich mich da für den wohl unlustigsten und albernsten Film entschieden, den man sich vorstellen kann. Julius, der neben mir sitzt, sind schon mehrfach die Augen zugefallen. Die anderen beiden habe ich nicht angeschaut, doch hin und wieder ist Daniels schallendes Lachen zu vernehmen gewesen. Ausgerechnet er hat Spaß. Ich versuche, die Zeiger auf meiner Armbanduhr ausfindig zu machen und stelle erschrocken fest, dass der Film noch gut eine Stunde dauern soll. Wie soll ich das aushalten? Ich habe nicht einmal mehr Popcorn. Im Dunkel des Kinosaals bin ich meinen Gedanken schutzlos aufgeliefert. Wie gefällt mir Julius nun eigentlich? Aus dem Augenwinkel mustere ich sein Profil. Rein optisch habe ich nichts an ihm auszusetzen. Aber sonst? Er hat nicht viel gesprochen. Und wenn, dann mit Daniel. Über langweiliges Zeug. Und jetzt gerade kichert er über einen der platten Witze des schlechtesten Kinofilmes aller Zeiten. *Oh Mann.*

Wie ich hier so sitze, zwar unter Menschen, aber doch allein, überkommt mich ein Gefühl von Melancholie. Es überfällt mich von einer Sekunde auf die andere. Als wäre ich soeben aus meinen eigens gesponnenen Illusionen gefallen, direkt hinein in das klare Wasser der Ernüchterung – wie soll ich mich in diesen Jungen neben mir verlieben können? Optik reicht nicht. Im Geiste ermahne ich mich, mit diesen destruktiven Gedanken aufzuhören, doch wie immer nützt es nichts, denn die Gefühle haben bereits die Oberhand gewonnen und bestimmen mein Denken. Und mein Denken nagt. Wann bin ich schon einmal verliebt gewesen? Während meine vordergründigen Ideen noch spinnen »Naja, da war doch Erik in der fünften Klasse, der war doch süß –«, flüstert mein Unterbewusstsein die verstörende Wahrheit: *Nie!* Fast 18 Jahre alt – und völlig liebesbeziehungslos! Ich war und bin immer nur unbeteiligte Statistin. Und jetzt sitze ich hier neben einem perfekten Pärchen und einem netten jungen Mann – hoffnungslos. Zu Hause sitzen meine schon ewig verheirateten Eltern und meine ständig verliebte und immer vergebene Schwester. Sie werden mich erwartend anschauen und hoffen,

Julius sei nun der, der mich aus meinem Mauerblümchenschlaf wachküsst. Und ich werde sie wieder enttäuschen.

Ich stehe auf und verlasse den Kinosaal. Von jetzt auf gleich haben sich all meine Hoffnungen auf Besserung zerschlagen und ich hasse mich selbst dafür. Ich weiß, dass ich mich nicht so unter Druck setzen sollte. Aber so ticke ich nun einmal; und es raubt mir die Luft zum Atmen. Meine Flucht führt mich zu den Damentoiletten. Am Waschbecken spritze ich mir erst einmal Wasser ins Gesicht und versuche einen klaren Gedanken zu fassen. Okay, blöder Abend. Blöder Film, blöde Gesellschaft – Aber doch nicht blöder Julius?

»Alles klar?« Emilia schon wieder. Einfach hinter mir aufgetaucht.

Ich nicke.

»Der Film ist nicht so der Knaller, oder?«, sagt sie.

»Daniel hat Spaß«, antworte ich und beobachte sie im Spiegel.

Sie lächelt nicht. Aber sie schaut mich auch nicht an, sondern steht da mit verschränkten Armen und starrt auf den gefliesten Fußboden. »Vielleicht hätten wir in den Liebesfilm gehen sollen.«

»Bloß nicht«, sage ich, nehme Papier und wische mir den Rest Wasser aus dem Gesicht.

»Du bist nicht so die Romantikerin, oder?«

Schulterzuckend antworte ich wahrheitsgemäß: »Ich weiß es nicht.«

Sie schaut mich forschend an, aber sagt nichts.

»Ich war noch nie verliebt«, füge ich hinzu und bin im selben Moment über dieses Geständnis erschrocken. Ich muss völlig

43

neben mir stehen. Emilia schaut mich noch genauso an wie vorher. Kein Entsetzen, keine Regung, nichts.

»Das macht doch nichts«, sagt sie dann.

Natürlich nicht. Sie hat aber auch leicht reden. Immerhin sitzt ihr Vorzeigefreund mit dem perfekten Gebiss, blonden Haar und durchtrainierten Körper nur wenige Meter entfernt im Kinosaal. Doch etwas an ihrem Gesichtsausdruck wirkt ehrlich. Also nehme ich ihren Aufheiterungsversuch zur Kenntnis und sage: »Weiß nicht.«

Surreale Situation. Hier stehe ich mit dieser mir eher fremden als bekannten Person und eröffne ihr in einem schwachen Moment meine geheimste Wahrheit. Blöd bin ich.

Wir gehen zur Popcornbar und setzen uns. Nicht gewillt, uns den Rest des Films anzusehen, wollen wir nun hier warten, bis die Jungs rauskommen. Zu dem Thema von eben haben wir nichts mehr gesagt, sondern sind in unpersönlichen Smalltalk verfallen. Gut, denn ich hoffe, dass sie einfach vergisst, was ich gesagt habe. Trotzdem ist es auch ein wenig schade. Irgendwie hatte es den Hauch von einem Befreiungsschlag, einmal völlig ehrlich gewesen zu sein – aber andererseits ist es immer noch Emilia Weidering, mit der ich hier sitze und der ich nichts anvertrauen möchte. Zu spät. Diese Grenze habe ich leichtfertig überschritten.

»Freitagabende sollte man anders nutzen«, seufzt sie.

Ich stimme zu. »Ich muss morgen auch noch früh aufstehen. Um zehn Uhr ist Treffunkt, um elf Uhr beginnt mein Spiel ...«, sage ich halb zu ihr, halb zu mir selbst. Statt eine gute Portion Schlaf zu tanken, sitze ich am Popcornstand und warte auf zwei mir völlig gleichgültige Jungs.

44

»Daniel spielt morgen auch. Ich habe ihm versprochen zuzusehen.« Sie klingt nicht begeistert. Dieser Tonfall und vor allem dieser Gesichtsausdruck sind mir ja schon den ganzen Abend aufgefallen – aber das ist nicht meine Baustelle.

»Gegen wen spielt ihr denn morgen?«, fragt sie mich.

»SV Annental. Die sind ziemlich stark. Ich mache mir keine all zu großen Hoffnungen.«

»Also Daniel meinte, ihr seid richtig gut. Zumindest, wenn du fit bist.«

Aha? Sie kann ja nett sein? Oder Daniel, wenn er das wirklich so gesagt hat. Beinahe verlegen verweise ich darauf, dass man ja immer als Team auf dem Platz steht und ein Spiel nie von einer einzigen Spielerin entschieden wird.

»Ich glaube, du bist einfach nur bescheiden«, sagt sie dazu und obwohl ich will, kann ich ein Lächeln nicht zurückhalten. Wer lässt sich nicht gerne schmeicheln? Ich bemühe mich weiter, unberührt zu wirken: »Du hast mich ja noch nie spielen sehen.«

»Und ob.« Sie grinst frech, ich schaue verdutzt. »Naja, ich bin fast jedes Wochenende auf dem Platz. Da kam ich nicht drum herum, auch mal die eine oder andere Sekunde eines Spiels von euch zu sehen.«

Das klingt plausibel. »Ich habe dich irgendwie nie bemerkt«, fällt mir nur dazu ein, woraufhin sie meint: »Du warst ja auch immer sehr beschäftigt.«

»Schon. Aber eigentlich denke ich, dass ich bemerken würde, wenn du zusiehst ...«

»Ja?«

Ihr Blick wird seltsam und so füge ich schnell hinzu: »Ja, weil wir nie viele Zuschauer haben.«

45

»Verstehe.«

Sie schaut mich an, ich schaue weg. Ziellos schweift mein Blick durch die Räumlichkeiten. Es sind nicht viele Leute hier. Die meisten Kinobesucher sitzen in ihren Sälen, nur einzelne Menschen streunen durch die Vorhalle. Der Popcornverkäufer lehnt gelangweilt am Tresen und inspiziert seine Fingernägel. Hinter ihm entdecke ich eine Uhr. »Noch zwanzig Minuten«, durchbreche ich die unangenehm werdende Stille »... dann haben wir es geschafft.«

Emilia nickt. »Und, werden wir uns von nun an öfter sehen?«, fragt sie mich dann unbekümmert.

»Ähm? Wir sehen uns jeden Tag in der Schule ...«, sage ich.

Sie lacht auf: »Ach, echt? Scherzkeks. Ich frage, wegen dir und meinem Bruder.«

Oh. Ich weiß nicht, was ich ihr antworten soll. Wie will ich denn in Sachen Julius überhaupt weiter vorgehen?

Sie bemerkt mein Zögern: »Eigentlich ist das ja gar keine Frage – ich werde schon dafür sorgen!« Kesses Lächeln. »Merk dir schon mal, dass meine Freunde mich Lili nennen.« Blitzende Augen. »Darf ich dich auch Tinka nennen?«

Ist dies nun nett – oder bedrohlich? Geheuer ist es mir in je dem Fall nicht. Aber ich nicke.

ZWEITER AKT

Da ist der Ball, da ist die Chance. Leonies weiter Abschlag überfliegt zwei Gegnerinnen und bahnt sich seinen Weg direkt in die Spitze, direkt zu mir. Meine Gegenspielerin hängt mir im Rücken, ich kann quasi ihren Atem spüren. Es bleibt keine Zeit zu denken, jetzt muss ich einfach funktionieren. Ich täusche links an und drehe mich rechts vorbei – weg bin ich.

»Ja, renn Tinka! Komm, zieh!«, höre ich Rolf vom Spielfeldrand aus schreien, aber das muss er mir nicht sagen, ich weiß selbst ganz genau, was zu tun ist. Sie kann mich nicht stoppen. Auf den ersten paar Metern mache ich so viel Boden gut, sie kann mich nicht einmal mehr foulen. Der Ball schlägt auf dem Boden auf, zwei Schritte und ich kann ihn kontrollieren. Nicht denken – nur dribbeln. Da ist das Tor. Die Torhüterin zögert, doch jetzt kommt sie raus und gleich kommt mein Moment. Gleich, gleich ... Jetzt! Sie lässt sich fallen, will meinen Schuss blockieren, doch in diesem Moment hebe ich den Ball über sie hinweg. In einem perfekten Bogen landet er hinter der Linie zum 2:1 Führungstreffer, fünf Minuten vor Schluss.

»Ja sauber, super gemacht! Jetzt weiter Mädels, lasst euch das nicht mehr nehmen!«, grölt Rolf, während ich überglücklich auf und ab springe. Meine Teamkolleginnen klatschen mich begeistert ab. Trotz aller Freude fange ich mich schnell wieder: »Ihr

47

habt ihn gehört, Leute, konzentrieren wir uns noch einmal!« Debora stimmt zu, klatscht in die Hände und nimmt ihren Platz vor der Abwehr ein.

Ja, Debora und ich stehen gemeinsam auf dem Platz. Ich hatte natürlich damit gerechnet, sie irgendwann wiedersehen zu müssen und trotzdem fühlte ich einen eiskalten Schauer, als ich sie in die Kabine kommen sah. Wir schauten einander nur für den Bruchteil einer Sekunde lang an, dann stürzte ich mich sofort in ein Gespräch mit Katja und ignorierte Debora konsequent. So hatte ich es mir vorgenommen und so funktionierte es. Weder beim Umziehen noch beim Warmmachen auf dem Platz suchte sie den Kontakt zu mir, und als das Spiel schließlich losging, blieb eh keine Gelegenheit mehr dazu.

Ich suche meinen Platz am Mittelkreis, der SV Annental stößt noch einmal an. Genau in diesem Moment sehe ich das schmale, dunkelhaarige Mädchen von gestern Abend. Emilia steht hinter dem Geländer, das das Spielfeld säumt, und winkt mir kurz zu. Sie macht es also wirklich wahr. Wir sehen uns jetzt öfter.

»Hallo Katinka?! Die spielen schon wieder!«, reißt mich Rolfs lautes Organ zurück ins Spiel. Annental ist im Ballbesitz, verdammt, wie sind die so schnell vor unseren Strafraum gekommen? Ihre flinke Spielmacherin macht zwei Übersteiger, kommt aber an Debora nicht vorbei und passt zu einer anderen. Die Spielerin auf dem rechten Flügel steht frei. Wenn sie das sehen würden ... Also sprinte ich los. Die ballführende Spielerin rechnet nicht mit mir und so ist es ein Leichtes, ihr mit einem kurzen Kick den Ball wegzuschlagen. Denise kommt an den Ball, passt weiter und siehe da, uns gelingt eine makellose Ballstafette. Keine Gegnerin kann den Ball mehr vor dem Schlusspfiff er-

48

obern. Sieg! Rolf ist sichtlich stolz. Ich habe ihn lange nicht mehr so strahlen gesehen.

»Ganz großer Sport«, lobt er und klatscht alle ab. Mir klopft er auf die Schulter und sagt, es sei gut, dass ich wieder dabei bin.

»Ich freue mich auch«, sage ich und meine es so. Das war ein tolles Spiel.

Ich riskiere einen Blick und stelle fest, dass Emilia nicht mehr am Spielfeldrand steht. Sie ist überhaupt nicht mehr zu sehen. Dafür stürmt Daniels Mannschaft nun den Platz und beginnt sich warm zu laufen. Daniel läuft natürlich vorne weg. Als er mich sieht, zwinkert er.

»Hui, hat er dir gerade zugezwinkert?« Katja steht neben mir und macht große Augen. Sie ist noch ziemlich außer Atem und ihr Gesicht ist knallrot. »Also wirklich, Katinka, immer die schönsten Typen!«

Ich winke ab: »Also von Daniel will ich ganz bestimmt nichts, das kannst du mir glauben. Außerdem hat er doch Emilia.«

»Na aber das macht doch nichts ...«

»Oh bitte, Katja. Es gibt keinen schmierigeren Typen.«

»Ich finde ihn süß. Aber erzähl, wie läuft es mit dir und Julius?«

Vor ein paar Minuten erst haben wir eine der Topmannschaften grandios geschlagen – doch Katja hat kein anderes Thema als irgendwelche Jungs.

»Wir waren gestern im Kino. War ganz nett.« Bewusst versuche ich durchklingen zu lassen, dass nichts Besonderes zu berichten sei, doch Katja schaut mich immer noch neugierig an und sagt dann: »Und, ist was gelaufen?«

49

Mädchen. »Nein, Katja. Was erwartest du ...«

»Naja, im Bunker wart ihr ja auch ganz schnell bei der Sache!«

»Da waren wir auch betrunken.«

Sie schaut mich fast etwas mitleidig an und sagt: »Dann klappt es bestimmt beim nächsten Date.«

Habe ich etwa so gewirkt, als wäre ich traurig darum, dass wir nicht wildknutschend im Kino gesessen haben? Sollte ich es sein? Vor meinem geistigen Auge spielen sich noch einmal Bilder des gestrigen Abends ab. Julius an der Tür, nett und freundlich. Und im dunklen Kinosaal. Direkt neben mir, aber irgendwie weit weg. Fremd. Nein, da war und ist kein Verlangen, ihn zu küssen. Warum auch?

Wir erreichen die Umkleide und ich schüttele meine Gedanken ab. Schon beim Betreten der Kabine schallen mir aus allen Ecken Lobeshymnen entgegen, so dass ich, wäre ich nicht eh schon rot, sicher rot geworden wäre.

»Jetzt geht es wieder aufwärts! Wenn wir Annental schlagen konnten, werden wir auch alle anderen weghauen!«, ruft Leonie voller Euphorie. Ich halte sie an, auf dem Teppich zu bleiben, schließlich war das heute auch ein wenig Glück, doch die anderen schlagen sich auf Leos Seite und jubeln mit. Ich sollte sie lassen. Es ist schön, wenn mal wieder etwas schön ist.

Heute habe ich mir etwas vorgenommen. Die letzten beiden Male habe ich das Duschen nach dem Training immer als Fluchtmoment genutzt und bin damit eigentlich ganz gut gefahren – bis ich Milan davon erzählt habe und er mich ausgelacht hat.

»Tinka, bist du bescheuert? Wenn du von einem Tag auf den anderen so durchblicken lässt, wie unsicher und verklemmt dich

Debora gemacht hat, dann wundere dich bitte nicht, dass die Gerüchte anhalten.«

Ich habe mir die Worte wieder und wieder durch den Kopf gehen lassen und bin zu dem Entschluss gekommen, dass Milan Recht hat. Um die Gerüchte zu zerschlagen, muss ich einfach überzeugend unberührt von ihnen sein. Also ziehe ich mich wie selbstverständlich aus. Keine große Sache. Ich habe es schon tausend Mal so gemacht und werde es heute genauso durchziehen. Mit Shampoo und Duschgel bewaffnet betrete ich die Sammeldusche, wähle kurzentschlossen die hinterste Brause und spule mein Programm runter. Ich achte darauf, schön die Wand anzuschauen und möglichst schnell fertig zu werden.

»Ey Tinka, sind wir jetzt fünfter oder vierter?«, schallt Magdas Stimme von den Fliesen wider. Sie steht neben mir.

Anstandshalber schaue ich flüchtig rüber, schließe aber sofort die Augen. Während ich sehr beschäftigt bin, mir mit fest geschlossenen Augen das Shampoo aus den Haaren zu waschen, antworte ich:»Vierter. Punktgleich mit Annental.«

Geschafft. Erfrischt und irgendwie auch stolz angesichts dieser bestandenen Dusch-Prüfung, kleide ich mich wieder an. Das war so viel einfacher, als ich gedacht habe. Beim Umkleiden war ich schon immer eine der Schnellsten. Die anderen treten nach und nach in ihre Handtücher gehüllt hinzu, aber bevor ich mir unangenehme Gedanken machen kann, habe ich den Föhn zur Hand und befasse mich mit dem ausgiebigen Trocknen meiner Haare. Richtig geschickt komme ich mir vor. Ich bin nicht festzunageln.»Gut, bis Montag!«, verabschiede ich mich schließlich, greife meine Tasche und wende mich zur Tür. Kaum habe ich diese einen Spalt geöffnet, hält mich jemand zurück:»Warte.

51

Deine Jacke.«

Pochenden Herzens drehe ich mich auf dem Absatz um. Verdammt. Die nur mit Unterwäsche bekleidete Debora reicht mir meine Jacke. Ich schaue durch sie hindurch, angestrengt darauf bedacht, den Blick an keiner bestimmten Stelle verweilen zu lassen. »Danke«, murmele ich. Debora grinst. So kann es nicht weitergehen.

Zügig lasse ich die Kabine hinter mir und mache mich daran, das Vereinsgelände zu verlassen. Dabei überschlagen sich die Gedanken in meinem Kopf. Es kann nicht sein, dass ich mich nun jedes Mal so stressen muss! Es kann nicht sein, dass ich erst so gut bin und dann Debora kommt, mich blöd angrinst, und ich mich wieder fühle wie der letzte Mist! Sie genießt es richtig, mich zu verunsichern. Habe ich etwa wirklich kurz geglaubt, alles wäre wieder normal? Nichts ist normal.

Zu Hause schmeiße ich meine Tasche in die Ecke und werfe mich auf mein Bett, Gesicht in die Decke gepresst. Ich bin müde, erschöpft, ausgelaugt ... Froh über das Spiel. Und frustriert wegen allem anderen. Aus dem Zimmer nebenan kann ich Stimmen hören. Meine Schwester mit ihrem Tobias. Sie kichert. Stille. Kichern. Oh, ich will das gar nicht hören! Ich nehme mein Kissen und vergrabe mich darunter.

Was ist falsch mit mir? Wieso lasse ich mich von einer Debora derart einschüchtern? Wieso stürze ich mich erst auf Julius und finde ihn wenig später wieder uninteressant? Und wieso stört mich das alles? Die Antwort, die auf alle Fragen passt, ist ganz einfach: Ich bin bescheuert. Ich drehe mich auf den Rücken, schaue zur weißen Decke. Alle halten mich bereits für verrückt, weil ich so komisch geworden bin. Und sie haben auch noch recht damit. So kenne ich mich selbst gar nicht. Die Farblosigkeit meiner Zimmerdecke repräsentiert mich. Farblos, einfallslos, ohne Liebe. Eine für alle angreifbare Erscheinung, so wie das, was ich geworden bin. Das will ich nicht sein. Nichts wünsche ich mir sehnlichster zurück, als mein unbekümmertes, geordnetes Leben. Das Leben, in dem die Welt mich mochte, mir Anerkennung entgegenbrachte und ich keine Angst vor entblößenden Fragen hatte. Ich muss mich aus dieser Trübsal heraushieven. Mir mein normales Leben zurückholen. Julius Weidering wird mein Sprungbrett dahin. Ich werde nun meine Erfahrungen machen und die Welt wird es sehen. Das, was blankes Weiß war, wird nun mit Farbe gefüllt.

Mit Milan zusammen sitze ich am Rande des Schulhofs und brüte über einer möglichst netten, irgendwie flirtenden, aber auch völlig unverbindlichen Nachricht.

»Schreib doch einfach: Julius, Freitag hat mir gut gefallen, lass uns das wiederholen. Aber ohne die anderen«, schlägt mein bester Freund mir vor.

»Das kann ich doch so nicht sagen ...«

»Warum nicht?!«

»Mensch, Milan. Wenn er seine Schwester und ihren Freund schon mitnimmt, dann heißt das, dass er sie gut leiden kann. Da kann ich doch nicht sagen, dass ich die nicht dabei haben will!«

Milan schüttelt den Kopf. »Klar kannst du. Das will er doch auch. Er kann ja nicht im Beisein seiner Schwester über dich herfallen.«

Über mich herfallen? Waren wir denn schon soweit? »Nein,

53

Milan, ich will einfach nur sagen, dass es nett war. Auch wenn es das nicht war.«

»Ja, dann schreib es doch so.«

Wenn man so unbeteiligt ist wie Milan in diesem Fall, ist es einfach, anderen Leuten Ratschläge zu geben. Ihn treffen ja die Folgen nicht. Ich tippe schließlich folgende Worte: »Hey Juli, hast du das Wochenende noch gut überstanden? Vielleicht lässt sich Freitag ja nochmal wiederholen.«

Bis zum Läuten der Schulklingel starre ich noch unentschlossen auf mein Handy, dann verpasst Milan mir einen Tritt und ich schicke die Nachricht tatsächlich los. Jetzt ist sie weg. Jetzt habe ich also den ersten Schritt gewagt.

In Biologie lege ich mein Handy verdeckt hinter meinem Mäppchen auf den Tisch. Ich will sofort sehen, falls ich eine Antwort bekomme. Milan kann nicht anders, als sich über mich lustig zu machen: »Du kannst ein richtiges Mädchen sein.«

»Wie kann man denn ein falsches Mädchen sein?«, gebe ich genervt zurück.

Da vibriert mein Handy. Milan und ich tauschen einen kurzen Blick aus, dann nehme ich das Gerät zur Hand und stelle mich der Antwort: »Hi Tinka! Ja war super. Hast du Lust auf einen Kaffee mit mir heute? Vielleicht bei mir?«

Oh Gott, heute?!

»Haha! Jackpot, Tinka, bist du erst bei ihm, geht es sicher zur Sache«, grinst Milan schelmisch. Ich verdrehe die Augen. Heute. Meine erste Intention ist, dieses mögliche Treffen bloß nach hinten zu verlagern. Es muss ja nicht alles immer so schnell gehen. Ich beginne zu tippen: »Heute ist leider schlecht ...«, da raunt Milan schon: »Meine Güte. Erst schreibst du ihm, dann

54

machst du wieder einen Rückzieher ... Ich dachte, du wolltest jetzt mal anders sein. Warum denn nicht heute?«

Weil mir das zu schnell geht, weil ich ihn nicht kenne, weil ich nicht einmal weiß, ob ich das gerade alles überhaupt so will? Und genau deswegen muss ich es herausfinden. Heute! Ich lösche meine bisherige Message und fange noch einmal an:»Das klingt ja super. Ich habe um 15 Uhr Schulschluss.«

Ehe ich es mir noch anders überlegen kann, hat Milan schon in die Tastatur gegriffen und die Nachricht abgeschickt. Auf meinen vorwurfsvollen Blick reagiert er nur mit einem Zwinkern.

Unsere Deutschlehrerin, Frau Galeitis, ist mal wieder heillos überfordert. Während die Klasse sich lautstark unterhält, hantiert sie ungeschickt mit Heften und Zetteln herum, räuspert sich pausenlos und keiner nimmt Notiz von ihr. Nur ein Mädchen aus der ersten Reihe steht ihr zur Seite, als ihr die Blätter schließlich herunterfallen. Ist ja klar, wer das Mädchen ist.

»Danke, Emilia«, säuselt Frau Galeitis und klopft nun auf den Tisch.»Ruhe bitte!« Nichts passiert.

Emilia nimmt nun ein paar Blätter aus Frau Galeitis Stapel und ergreift selbst das Wort:»Hey! Ich habe etwas mitzuteilen.«

Die erste Reihe verstummt sofort. Kein Wunder, denn da sitzen ja alle ihre Freunde. Nach und nach überträgt sich nun aber auch die Stille auf die anderen in der Klasse.

»Danke. Ich habe hier ein paar Flyer. Es geht um unser alljährliches Theaterstück.«

Ein Raunen geht durch die Klasse.

»Ja, ich weiß, ich nerve euch jedes Jahr damit. Dieses Jahr ist allerdings alles ein wenig anders.« Stolz grinsend verkündet sie ihre frohe Botschaft: »Dieses Jahr hat unsere Schule die einmalige Chance bekommen, mit dem RathausTheater zusammenzuarbeiten.«

»Ui ...«, spottet einer der Jungs aus der letzten Reihe.

»Tatsächlich ist das etwas Besonderes.« Emilia schenkt ihm einen missbilligenden Blick. »Wir treten dort auf, am 22. Dezember. Zuvor bekommen wir vollste Unterstützung des Theaters, sie stellen uns einen Regisseur zur Seite, bauen mit uns das Bühnenbild und vertreiben Karten für das Stück über ihr Marketing. Es ist eine richtig große Sache, die wir der Aktion *Schule trifft Theater* zu verdanken haben.«

Ehrfürchtiges Schweigen breitet sich aus. Jedes Jahr führt unsere Schultheatergruppe ein Stück zu Weihnachten auf. Jedes Jahr ist es schlecht organisiert und immer weniger Leute sind daran interessiert, es sich überhaupt anzuschauen. Aber die Sache mit dem Rathaus-Theater klingt wirklich vielversprechend.

Emilia spricht weiter: »Unser diesjähriges Stück wird kein geringeres als *Romeo & Julia* sein. Wir erwarten volles Haus. Nur eine Sache wird zum Problem: Wir haben absoluten Frauenüberschuss. Wir brauchen dringend noch mehr Jungs, die mitspielen.«

Ein Tuscheln geht durch die Reihen, irgendwer ruft: »Bei so einem kitschigen Stück mache ich bestimmt nicht mit!«

Jessica dreht sich beherzt um und mault ihn an: »Wir brauchen auch keine talentfreien Stümper in unserem Stück, danke.«

Neben mir rutscht Milan auf seinem Stuhl herum. Er sieht richtig aufmerksam aus und noch während ich mich wundere, reißt er den Arm hoch und meldet sich.

»Ja, Milan?«

»Kann denn jeder einfach mitmachen?«

»Ja klar. Wir haben noch so viele offene Rollen. Den Priester, Mercutio, Benvolio ...«

»Und Romeo?«

»Nein, tut mir leid, der ist schon besetzt.«

Irre ich mich, oder sieht Milan jetzt enttäuscht aus? »Ich glaube, du wärst ein prima Benvolio«, sagt Jessica zu ihm und sein Gesicht leuchtet auf. Was ist denn hier los? »Also ich lege euch hier vorne jetzt die Flyer aus, und wer Lust hat, kann ja bei unserer nächsten Probe vorbeischauen.« Emilia nimmt wieder Platz. Der Unterricht beginnt und wir sollen gleich eine Szene aus *Dantons Tod* analysieren. Ich kann mich allerdings nicht konzentrieren, viel zu verwirrt bin ich noch über die Ausbrüche meines eigentlich besten Freundes: »Seit wann interessierst du dich für das Theater?«

Er prüft mit einem kurzen Blick, dass uns niemand zuhört, und zischt: »Jessica macht da mit!«

Das wird ja immer verrückter hier. »Stehst du etwa auf sie?«

»Mann! Total! Hast du das denn nie gemerkt?«

Zu meiner Schande muss ich gestehen, dass ich das tatsächlich nicht bemerkt habe. Ich schaue Jessica an. Aber es stimmt. Das ist absolut Milans Typ. Vollbusig und blond. »Und jetzt willst du wirklich da mitmachen?«

Er nickt. Ich kann ein verwegenes Funkeln in seinen Augen ausmachen. Was Verliebtheit aus den Menschen macht ...

Der Rest des Tages verging wie im Flug. Die Schulstunden reihten sich fließend aneinander, die Fahrt nach Hause kam mir vor wie zwei Minuten, und die Zeit, bis ich los musste, um pünktlich bei Familie Weidering zu klingeln, verbrachte ich in nervöser Hektik. Nun stehe ich hier, in der Bahnseider Allee, vor einem opulenten Einfamilienhaus. Vor der Garage steht ein dicker schwarzer Mercedes. Der Weg zum Eingang ist mit einer Art Mosaik gelegt. Zwei Löwenstatuen säumen die Tür. Allein der Anblick beunruhigt mich schon. Die Weiderings sind gut betucht, das habe ich mir schon immer gedacht, aber wie einschüchternd das auf mich wirkt, sobald ich in Kontakt damit trete – damit hätte ich nicht gerechnet.

Nachdem ich noch einmal tief durchgeatmet habe, setze ich entschlossen meinen Finger auf den Klingelknopf. Ich bin auf alles gefasst. Es könnte Julius öffnen, aber auch Emilia, vielleicht sogar die Eltern – aber nein, es öffnet eine ziemlich betagte Dame, die krumm steht und mich mit weit aufgerissenen Augen anstarrt. »Ähm, hallo, ich bin Katinka ...«, sage ich, und in dem Gesicht der Dame ändert sich kein bisschen von dem irritierten Starren.

»Oma, lass nur, sie ist aus meiner Klasse«, ertönt Emilias Stimme und schon steht sie neben der alten Frau und zieht sie behutsam von der Tür. »Komm rein«, sagt sie dann lächelnd zu mir. So folge ich und bleibe in einem geräumigen Eingangsbereich stehen. Vor mir geht eine Treppe nach oben, links und rechts von mir sind zwei große Türen. Die linke davon öffnet Emilia und geht mit ihrer Großmutter hinein, während sie mir bedeutet, doch hier kurz zu warten. Na gut. So bleibe ich erst einmal im Flur stehen, atme tief durch und warte. Die Wand neben der Treppe ist von Bildern übersät. Viele uralt wirkende Fotografien reihen sich aneinander. Ganz bestimmt Familienporträts. Ich gehe etwas näher heran und betrachte eines genauer. Nicht dass

58

ich ein Ass in Geschichte wäre, aber Vergangenes fasziniert mich schon. Dieses Bild stammt sicher aus einer Zeit noch vor dem Zweiten Weltkrieg. Ausdruckslose Augen schauen von dem leicht vergilbten Papier auf mich herab. Streng gescheitelte Herren, hoch geschlossene Frauen. Kinder, die aussehen, als könnten sie nicht lachen.

»Unsere bildliche Familienchronik, die ganze Linie Weidering seit 1888. Hier, das Baby dort ist meine Oma.« Emilia steht wieder hinter mir.

»Ja, das habe ich gleich erkannt«, sage ich scherzhaft. Emilia schaut mich leicht verlegen an.

»Oma ist nicht mehr ganz klar im Kopf. Wir kümmern uns hier um sie.«

Ich nicke. Es fühlt sich ein bisschen so an, als wäre ich gerade ungewollt in ein zu privates Thema gerutscht; deswegen erspare ich ihr jegliche Nachfrage. Mit einem kurzen Kopfnicken bedeutet sie mir, ihr die Treppe nach oben zu folgen. Im ersten Stock gehen vier Türen vom Flur ab. Wir durchschreiten die größte, die Doppelflügeltür in der Mitte, hinter welcher ein großer Raum liegt. Auf dem edlen Parkettboden stehen dunkle, mit Büchern vollgepackte Schränke, ein breiter Esstisch mit ledernen Stühlen, und weiter hinten, unterhalb der Fenster, eine Sitzecke mit Sofa und zwei Sesseln. »Das ist das Wohnzimmer. Also das, was Juli und mir gehört.«

»Ihr habt also mehrere Wohnzimmer?«

»Ja. Papa hat oben seinen Bereich und Oma unten.«

»Nicht schlecht.« Aber was hatte ich erwartet? Etwas anderes als riesige Räume und teure Möblierung wäre doch eine Enttäuschung gewesen.

59

»Dort ist Julis Zimmer.« Sie zeigt auf eine Tür, die rechts vom Flur abgeht. »Direkt neben dem Bad. Und ich wohne gegenüber.« Das wäre dann die linke Tür. »Soll ich dir mein Zimmer zeigen? Wir machen doch eh gerade eine kleine Hausführung.« Schon betreten wir ihren Raum und ich staune nicht schlecht. Groß ist er. Die Möbel sind allesamt weiß, hier und da allerdings tritt Lila hinzu. Lila Bettwäsche, lila Kissen, ein lila Teppich liegt auf dem Parkett, ein lilafarbener Mantel hängt außen am Schrank. Links von mir entdecke ich zwei große Glastüren, umspielt von lila Vorhängen. »Hast du einen Balkon?« Lächerliche Frage, es ist ja offensichtlich. Sie öffnet die Tür und präsentiert, was dahinter liegt: Ein Ausblick auf den hinter dem Haus gelegenen Garten. Dort erstreckt sich eine große Grünfläche, die gesäumt wird von schweren Tannen. Direkt unterhalb ihres Balkons liegt eine Terrasse. Die Möblierung ist komplett abgedeckt, natürlich angesichts der widrigen Wetterverhältnisse dieser Jahreszeit. Direkt daneben ist ein kleiner Teich. Was heißt klein. Er ist fast so groß wie die Terrasse, nur im Vergleich zu dem weiten Rasen dahinter, kommt er mir wohl überschaubar vor.

»Das ist also Ihr Reich, Frau Weidering«, sage ich und bin bemüht, gänzlich unbeeindruckt zu klingen. Schließlich sind auch wir Hausbesitzer. Nur leider ist mein Zimmer nur halb so groß wie ihres, ich habe keinen Balkon und unser Garten ist so groß wie ihr Flur. Auch sie zeigt sich unbeeindruckt, schließt die Türen und winkt mich zurück ins Wohnzimmer. Julius steht in der Tür. »Na, alles klar?« Wir umarmen uns flüchtig.

»Ja, und bei dir?«

»Alles bestens.« Mit hochgezogenen Augenbrauen nickt er zu seiner Schwester rüber. »Du hast das Prinzessinnen-Zimmer also

60

schon gesehen, dann zeig ich dir besser nicht meines.« Dennoch nimmt er mich bei der Hand und führt mich hinein. Es ist mindestens genau so groß wie das von Emilia, aber es wirkt ganz anders. Während Emilias Zimmer aufgeräumt und harmonisch wirkte, ist seines auf den ersten Blick einfach nur ... voll. Sehr sympathisch. Er erinnert mich an ... mich. Vor einem viel zu großen Fernseher stapeln sich Videospiele und mehr als eine Spielkonsole. Auch der Schreibtisch quillt über vor Zetteln. Die Tastatur seines Macs ist unter allem Kram nicht mehr zu erkennen. Auch sein Bett ist zerwühlt, als hätte er gerade noch drin gelegen, und über dem Bett prangt ein Poster, das ich nicht erwartet hätte, hier vorzufinden. Es zeigt eines dieser austauschbaren, blonden Playboy-Mädchen mit übertriebener Oberweite. Sie räkelt sich auf einem Oldtimer und schaut willig auf uns hinunter. Dieses Zimmer ist ein so typisches, unschickliches Jungen-Zimmer, ich kann kaum glauben, dass es sich in diesem sonst so durchgestylten Haus befindet. »So, genug gesehen«, sagt er dann und drückt mich zur Tür hinaus. »Ich räume vor dem nächsten Mal auf.«

»Das macht mir nichts, glaub mir.«

Emilia steht immer noch hinter uns und schaut belustigt drein. »Kaffee?«, fragt sie uns und wir bejahen.

Nun sitzen wir auf dem schwarzen, ledernen Sofa, haben Cappuccinotassen vor uns auf dem Tisch stehen und halten Smalltalk über den Schulalltag. Auch Emilia sitzt bei uns. Ob sie das immer macht, wenn ihr Bruder ein Date hat? Vielleicht langweilt sie sich einfach.

»Wie sieht es eigentlich mit deinen Job-Plänen aus, Bruderherz? Wie ich hörte, hast du es wieder verpasst, dich bei der Uni

61

einzuschreiben«, durchbricht Emilia unser belangloses Gerede plötzlich mit einer Streitaxt.

»Geht dich gar nichts an«, blockt er ab.

»Ich meine ja nur. Papa war ziemlich aufgebracht.«

»Ich bin auch gleich ziemlich aufgebracht.«

Erst jetzt wird mir klar, dass ich überhaupt keine Ahnung habe, womit Juli seine Tage verbringt. Etwa mit ... nichts?

»Ich bin noch in der beruflichen Findungsphase«, erklärt Julius mir.

»Er bezieht Arbeitslosengeld«, bemerkt Emilia und erntet einen düsteren Blick von ihrem Bruder.

»Was soll der Mist?«

»Papa will, dass du seine Firma übernimmst, doch du tust nichts dafür. Wenn du so weiter machst, bleibt das an mir hängen.«

»Ach, daher weht der Wind.«

»Übernimm einfach mal ein bisschen mehr Verantwortung, Julius.«

Ich glaube, ich sollte irgendetwas sagen, um die Atmosphäre zu entspannen. Suchend schaue ich im Raum umher. Mir fällt auf, dass ich alles ziemlich unpersönlich finde. Alles ist so abgestimmt aufeinander, als hätten sie diesen Raum komplett aus einem Möbelkatalog übernommen. Kein einziger individueller Gegenstand lockert diese Struktur auf. Bis auf das Foto dort hinten am Fenster. Es ist das Porträt einer Frau, um die vierzig Jahre alt vielleicht. Sie grinst wie für Zahnpastawerbung. Aber gut sieht sie aus. Diese dunkelbraune Haarfarbe und auch dieses Strahlelächeln stellen eine starke Ähnlichkeit zu meiner Gesellschaft her. Emilia bemerkt mein Interesse: »Das ist unsere

Mutter.«

»Ich wusste es. Sie sieht euch so ähnlich.«

»Finde ich nicht«, meint Julius.

»Doch. Ihr habt den gleichen Ausdruck, wenn ihr lacht. Sie hat wirklich Ausstrahlung. Was macht sie so?«

»Nichts mehr. Sie ist tot.«

Autsch. Julius Ton ist hart und doch beiläufig. Er nimmt einen Schluck Kaffee und zuckt mit den Schultern. Ich möchte auf der Stelle verschwinden, so unangenehm ist es mir, dieses Thema angeschnitten zu haben. »Das tut mir leid«, bringe ich kläglich hervor. Ich kann nicht gut mit sowas umgehen.

»Ach, das ist lange her«, winkt Julius ab. »Sie ist eine feige Selbstmörderin, und wenn es nach mir ginge, würde dieses Foto auch gar nicht hier stehen.«

Emilia knallt ihre Tasse auf den Tisch. »Red nicht so.«

»Mal ganz im Ernst, Lili, deine Verehrung für unsere Mutter ist völlig überzogen. Sie hat sich kaum um dich gekümmert, den ganzen Tag gesoffen und sich schließlich umgebracht.«

»Das weiß ich alles und dennoch will ich ihr Andenken bewahren.«

Die Stimmung ist ganz böse gekippt. Die Geschwister schauen sich finster an und mein Wunsch, einfach abzutauchen, wird immer größer.

»Du musst wissen, Katinka, unsere Mutter war ziemlich kaputt«, klärt Julius auf. »Wir beide haben sie kaum mitbekommen, ständig war sie oben in ihrem Zimmer eingeschlossen. Schon bevor sie starb, hat sie uns völlig unserem Vater überlassen. Somit ist es nicht weit her mit meinen Gefühlen für sie.«

Mich wundert durchaus, wie abgeklärt er über seine Mutter

spricht. Offenbar sieht Emilia das alles ein wenig anders.

»Sie war eine liebevolle Mutter. Leider hatte sie schwerwiegende Probleme. Warum stellst du sie immer dar wie eine Rabenmutter?«

»Weil sie eine war.«

»Julius, du bist ein Arsch.«

Und mit diesen Worten verlässt Emilia unsere Runde. Schnellen Schrittes verschwindet sie durch die Wohnzimmertür, man kann sie die Treppe herunter poltern hören.

»So läuft das immer.« Julius seufzt genervt. »Jetzt rennt sie wieder zu Oma und heult mit ihr darüber, dass ich Mamas Andenken in den Schmutz ziehe.«

Ich überlege, ob ich etwas dazu sage, aber es fällt mir nichts ein. Es wäre auch unangemessen, mir irgendeine Meinung zu erlauben. Juli scheint selbst noch in Gedanken zu sein.

»Vielleicht bin ich auch zu hart mit ihr, na gut. Sie hatte schon ein engeres Verhältnis zu ihr. Aber das alles ist jetzt auch schon sieben Jahre her, so langsam muss sie doch mal damit klarkommen.«

»Manche Wunden schließen sich nie«, gebe ich ach so weise zu bedenken.

»Ja, aber bei Lili ist das schon krankhaft. Weißt du, warum wir sie alle Lili nennen? Den Namen hat unsere Mutter ihr gegeben. Jetzt drückt sie ihn immer noch jedem auf, den sie kennenlernt. Ist doch bekloppt!«

»Ich lasse mich auch lieber Tinka nennen, als Kati.«

»Und unsere wirre Oma unterstützt sie auch noch in allem. Sie verwechselt die beiden eh ständig, weil sie sich so ähnlich sehen.« Er dreht seinen Zeigefinger vor der Stirn. »Hier sind alle etwas gaga, musst du wissen.«

»Dein Vater auch?«

»Oh ja!« Er lacht. »Der ist total das Arbeitstier. Wir sehen ihn nur selten. Eigentlich wohnen wir hier allein. Geil oder?« Hinter seinem Lachen versteckt sich sicher auch noch mehr. Ich kann nicht glauben, dass jemand so unberührt über diese Themen reden kann. Das muss ihn doch belasten?

»Aber du bist sicher nicht hier, um dir unsere kranken Familiengeschichten reinzuziehen.« Er lehnt sich zu mir rüber. Habe ich ihn mir schon einmal so genau angesehen wie in diesem Moment? Im Gegensatz zu Emilias blauen Augen hat er tiefbraune. Seine Lippen sind wohlgeformt. Ein paar Bartstoppeln hier und da geben seiner reinen Haut einen markanten Touch. Er wird mich jetzt wohl küssen. Ich schließe die Augen und lasse es geschehen.

Es ist schon dunkel, als ich mich auf den Weg nach Hause mache. Wir haben die ganze Zeit so auf dem Sofa verbracht. Knutschend. Irgendwann hat Juli noch den Fernseher angeschaltet und wir haben ein bisschen reingeschaut, bevor wir dann wieder angefangen haben, zu knutschen. Eigentlich würde ich mich über die Sinnlosigkeit dieses Zeitvertreibs beklagen, wenn ich nicht wüsste, dass alle Leute das so machen. Meine Schwester verbringt ganze Wochen mit nichts anderem. So richtig erschließt sich mir die Faszination des Küssens allerdings nicht. Es ist schlicht und ergreifend Speichelaustausch. Und irgendwann weiß man auch, wie sich die Lippen des anderen anfühlen. Ich wusste es bereits nach den ersten fünf Minuten. Irgendwann hat er dann aber auch noch seine Zunge mit ins Spiel gebracht, was mich zunächst überfordert hat. Eigentlich ungeheuerlich, dass ich so denke, aber im Grunde fand ich die feuchte Züngelei eher ekelig als erregend.

Zu Hause treffe ich meine Schwester in der Küche. Sie brät sich Gemüse in einer Pfanne.»Ach, bist du mal wieder auf Diät?«

»Ja, es ist mal wieder so weit. Und wenn es jetzt in die Weihnachtszeit geht, werde ich eh wieder zu viel Schokolade essen. Der arme Tobi.«

»Das hast du wirklich nicht nötig, Lea«, sage ich, obwohl ich weiß, dass es bei ihr zu dem einen Ohr rein und zum anderen Ohr direkt wieder raus geht. Plötzlich wendet sie sich von ihrer Kochplatte ab und sieht mich gespannt an.»Sag mal, wo warst du eigentlich den ganzen Tag?«

Verschwörerisch lächelnd antworte ich:»Er heißt Julius, wohnt in einem gigantischen Haus und hat versucht, den Weltrekord im Dauerküssen mit mir aufzustellen.«

Lea klappt die Kinnlade runter:»Schwester! Bist du es wirklich?!«

»Werd nicht gleich gemein...«

»Ich bin nur so schockiert!«

»Ist doch nichts dabei.«

»Kann er denn gut küssen?«

Hm. Gute Frage.»Definiere mir, was gut küssen bedeutet?«

»Naja hat er dich abgeschleckt, war es zu nass? Dann kann er nicht gut küssen. Hat es dir aber gefallen, hat es dich angemacht, dann kann er gut küssen.« Neugierig mustert sie mich.

»Es war Ok.«

»Ok? Es war *nur* Ok?«

»Soll ich mich jetzt schuldig fühlen?«

»Nein. Aber mich wundert es.« Sie wendet sich wieder ihrer Pfanne zu. Etwas missmutig sitze ich am Küchentisch. Es ist schon unbefriedigend.

»Lea?«

»Ja?«

»Ab wann sollte man wissen, ob man verliebt ist?« Schon habe ich wieder ihre volle Aufmerksamkeit.

»Hm, ich glaube, da gibt es keinen Zeitpunkt. Manchmal weiß ich es ganz schnell, manchmal aber auch nicht. Schau dir mich und Tobi an. Er war die ganze Zeit in meiner Klasse, aber erst jetzt habe ich ihn bemerkt. Und jetzt bin ich so verliebt.«

Ich verkneife es mir, mit den Augen zu rollen. So blöd es auch klingen mag, Lea ist von allen Personen, die ich kenne die, die sich am meisten in Sachen Liebe auskennen dürfte. Vielleicht ist sie nicht sonderlich weise, aber sie ist erfahren. Zumindest was das Sich Verlieben angeht.

»Aber wenn ich mir dich so anschaue, Tinka... Ich glaube nicht, dass du verliebt bist.«

»Nein?«

»Nein.«

Natürlich überrascht mich ihre Aussage nicht. Trotzdem zieht sie mich runter. »Ich wäre gerne verliebt, Lea.«

Sie nickt verständnisvoll: »Das glaube ich dir.«

Manchmal haben wir eine richtig schwesterliche Verbindung zueinander. So, als würde sie mich einfach zutiefst verstehen, auch dann, wenn sie eigentlich keine Ahnung hat.

»Ich habe bisher nur ein einziges Mal den Eindruck gehabt, dass du verknallt bist«, sagt sie dann.

Sofort gehen meine Alarmglocken an: »Ach ja?«

Ihr Gericht ist fertig, sie packt es auf einen Teller und setzt sich zu mir. »Ja.«

Offenbar weiß sie nicht, ob sie weiter sprechen soll. »In wen denn?«, frage ich also nach. Ich ahne, was jetzt kommt. Denn das Thema hatten wir schon einmal. Ungefähr vor einem Jahr. »Kannst du dich noch an Britta erinnern?«

Ich wusste es! Britta! Meine vorhin noch warmen Gefühle für meine kleine Schwester fangen augenblicklich Feuer und sacken als Häufchen Asche in sich zusammen. »Ich habe dir schon damals erklärt, dass das alles nicht so war.«

»Aber du musst schon zugeben, dass du außer dir warst, als sie wegging.«

»Natürlich, schließlich war sie unsere beste Spielerin.«

»Trotzdem schließt sich niemand deswegen zwei Tage lang in seinem Zimmer ein und heult wie ein Schlosshund.«

»An dieser Stelle ist das Gespräch dann für mich beendet.« Ich stehe auf. Während ich nach oben gehe, hör ich sie noch rufen: »Wenn ich du wäre, würde ich ihn einfach wieder treffen. Und bald wirst du merken, ob er dir bloß auf den Zeiger geht, oder ob er dich glücklich macht.«

»Danke!« Und mit einem Knall schließt sich meine Tür hinter mir.

Britta. Wie lange habe ich jetzt schon nicht mehr an Britta gedacht. Es stimmt, für mich brach eine Welt zusammen, als sie wegzog, aber da von Verliebtheit zu sprechen ... Ist doch übertrieben – oder nicht? Ich nehme mein Mannschaftsbild zur Hand und schaue sie mir noch einmal an. Allein ihre Körperhaltung zeigt schon viel von ihrem Charakter. Sie steht kerzengerade, Kraft scheint durch jede ihrer Fasern zu fließen. Zufrieden lächelt

68

sie mir entgegen. Verehrt habe ich sie. Sie war der Kopf des Teams: stark, zuverlässig und immer ansprechbar, falls jemand Hilfe brauchte. Für mich war sie wie ein Vorbild. Und ich genoss, dass auch sie mich mochte. Dass ich immer die Erste war, zu der sie beim Training kam. Dass ich die war, mit der sie alle Partnerübungen absolvierte. Dass sie mich hin und wieder nach Hause fuhr. Sie war zwei Jahre älter als ich und wirkte so viel reifer als alle anderen. Und dann zog sie weg. Zum Studieren. Mit ihrem Freund nach Berlin. Es war schrecklich. Ich gebe zu, ich mochte sie mehr als gerne. Aber niemals hätte ich mir mehr mit ihr vorgestellt als intensive Gespräche. Nie habe ich bei ihrem Anblick ans Küssen gedacht. Wenn ich mich körperlich nicht zu ihr hingezogen fühlte, konnte ich dann verliebt gewesen sein? Zwecklos, darüber nachzugrübeln. Ich vermisse sie kaum noch. Nur in solchen Momenten, in denen Debora mich provoziert und das Mannschaftsgefüge ins Wanken bringt, da hätte ich Britta wieder gebraucht. Das Problem mit der Liebe hätte sie für mich aber auch nicht lösen können.

Das wieder viel zu kurze Wochenende habe ich wie immer auf dem Platz verbracht. Leider haben wir unser Spiel verloren, es war ziemlich kläglich. Vier Mal bin ich bei aussichtsreichen Situationen ins Abseits gerannt. Nichts hasse ich mehr als das Abseits. Am Ende stand es 1:0 für die Gegnerinnen und wir verließen erschöpft, vom Regen durchnässt und völlig durchgefroren das Spielfeld. Wenigstens ist die Stimmung in der Mannschaft wieder so ausgeglichen, dass wir uns ziemlich schnell berappelt haben. Das Einzige, was mich wirklich zutiefst genervt hat, waren Deboras blöde Blicke. Sie spricht nicht ein Wort mit mir,

69

zum Glück, aber ich merke doch, dass sie mich wieder und wieder komisch anguckt. Ich löse diese Situation immer durch Ignorieren, aber ich werde das Gefühl nicht los, dass wir noch nicht miteinander fertig sind.

Meine Eltern sind mittlerweile, drei Wochen vor dem eigentlichen Fest, schon in absoluter Weihnachtsstimmung. Am Wochenende haben sie ohne Ende Lichterketten gekauft und diskutieren seither darüber, wo man welche wie am besten platzieren könnte. Außerdem verkündeten sie mir stolz, zu der großen Theateraufführung meiner Schule zu kommen. »Hast du denn kein Interesse daran?«, fragte meine Mutter.

»Ob ich Interesse daran habe, mir diese ganzen Leute, die ich sowieso schon zu oft sehen muss, in einer uralten Schmonzette anzuschauen, bei der ich nur jeden dritten Satz verstehe – und das auch noch gegen Geld? Ich bitte dich«, war meine Antwort.

Julius und ich haben uns bereits wieder verabredet. Ich finde es angenehm, dass wir uns nicht jeden Tag treffen müssen und ich die neusten Eindrücke erst einmal sacken lassen kann. In jedem Fall stehen wir immer in regem Nachrichten-Austausch. Unsere Konversationen kommen vielleicht nicht über Themen wie das Wetter hinaus, aber sie geschehen regelmäßig. Insofern starte ich entspannt in eine neue Woche.

Mein erster Gang in der Schule führt mich wie immer vorbei am Vertretungsplan. Meist hält er keine Überraschungen für mich bereit, nicht so allerdings heute: Die vierte Stunde entfällt. Kein Geschichte, wie nett! Dennoch stehe ich etwas verloren vor dem Plan. Eine Freistunde mitten am Tag lohnt überhaupt nicht, um nach Hause zu fahren. Gleichzeitig ist Geschichte der einzige Kurs, den Milan und ich nicht zusammen belegen, was bedeutet, dass ich mich eine Stunde langweilen werde. Na gut, das ist nicht viel anders als sowieso um diese Uhrzeit. So schlendere ich in meiner Freistunde zum Schul-Café. Es ist so groß wie ein normaler Klassenraum und mit den schwarzen Stühlchen inmitten der kahlen, grauen Wände hat es auch genau dieselbe Einrichtung. Zum Café wird es nur, weil es an der einen Wand einen kleinen Durchbruch hat, hinter welchem Luigi hervorkommt und uns Brötchen und Getränke verkauft. Da das Café so gar keinen Charme hat, findet man hier immer einen Platz. Allerdings scheint gerade kaum einer eine Freistunde zu haben. Nur ein Tisch ist mit vier Personen besetzt und hinten am Fenster sitzt auch jemand ... Oh. Ich hatte ganz vergessen, dass Emilia mit mir Geschichte hat. Sie sitzt zusammen mit Nicole an dem Fensterplatz. Zum Glück scheinen sie mich noch nicht bemerkt zu haben und so tu ich einfach so, als hätte auch ich sie nicht gesehen. Mit stoischer Ruhe gehe ich zur Theke und bestelle mir einen Kaffee. Ich habe wirklich keine Lust, mich zu den beiden zu gesellen. Emilia hin oder her, aber diese Nicole, die geht wirklich gar nicht. Mit meinem Kaffee in der Hand drehe ich mich extra zur anderen Seite weg, damit gar nicht erst die Möglichkeit besteht, Blickkontakt aufzunehmen, und gehe schnurstracks in Richtung Ausgang.

»Tinka!«

Verdammt. Unwillig drehe ich mich um. Fräulein Weidering hat mich gerufen, natürlich. Ihre blonde Freundin schaut mich dagegen an, als hätte sie genau so wenig Lust, sich mit mir zusammenzusetzen, wie ich es habe. Seltsamerweise motiviert mich das schon wieder, es eben doch zu tun. »Hi«, sage ich so unvoreingenommen, wie es mir möglich ist.

»Ich hatte ganz vergessen, dass du in meinem Geschichtskurs bist«, Emilia wirkt wieder so aufgesetzt freundlich. Sie bietet mir einen Stuhl an.

»Ja, das war mir auch nicht klar«, sage ich und setze mich. Nicole glotzt mich unverhohlen an.

»Ich habe Nicole gerade schon berichtet, dass du und mein Bruder mittlerweile immer enger werdet.«

»Aha.« Deswegen mustert sie mich so? Vielleicht kann sie nicht glauben, dass das wirklich wahr ist. Nicole ist so ein Mädchen, das in mir einfach keine Konkurrenz vermutet.

»Ja, weißt du, Nicole hat schon ihre eigenen Erfahrungen mit meinem Bruder gemacht.«

Jetzt glotze ich. Julius mit Nicole? Die wird leicht rot. Sie schaut fast etwas verlegen auf den Tisch. »Aha, wann war das?«, frage ich zu Nicole gewandt.

»Das ist noch nicht so lange her. Aber es hat nicht ganz gepasst mit den beiden.«

Warum führt Emilia das Gespräch für sie? Warum erzählt sie mir das überhaupt? Sie scheint mir einen reinwürgen zu wollen. Vielleicht ist sie noch sauer wegen des Gesprächs über ihre Mutter neulich. Aber damit hatte ich doch nichts zu tun. Tatsächlich schaut sie mich mit ausdrucksloser Miene an und beobachtet, wie ich reagiere. Aber den Gefallen tu ich ihr nicht.

»Manchmal passt es, manchmal nicht. Momentan harmonieren wir ganz prächtig.« Vielleicht ist das etwas dick aufgetragen von mir, aber was solls?

»Schön.«

»Ja, finde ich auch.«

Wir tauschen trotzige Blicke aus, während Nicole immer noch

72

schweigend auf den Tisch vor sich starrt.

»Naja, Themawechsel«, sagt Emilia dann und plötzlich wacht auch ihre Freundin auf.

»Hab ich dir schon meine neuen Ohrringe gezeigt?«

»Nein.«

»Wir könnten eben zum Schmuckladen herunterlaufen, da liegen sie im Schaufenster.«

So typisch, diese Mädchen. Ich mache mir rein gar nichts aus Schmuck. Nicole dagegen blüht beim Gedanken an ihre Ohrringe richtig auf.

»Ich dachte, du wolltest mit mir den Text durchgehen?« Emilia ist nicht begeistert.

»Oh bitte Lili, sie sind so hübsch!«

»Bring sie doch einfach morgen in die Schule mit.«

»Ich will sie dir aber jetzt zeigen.«

»Nein.«

Nicole stöhnt dramatisch auf und kramt ihr Handy hervor. Es ist pink. Innerlich muss ich mich kaputt lachen. »Dann frage ich eben Marie, ob sie mit mir kommt.«

»Meine Güte, Nicole! Gerade noch hast du mir hoch und heilig versprochen, dass du den Text mit mir durchgehst und jetzt...«

»Du hast doch jetzt wen anders, die das machen kann.«

Ich bekomme einen leicht missbilligenden Blick von ihr. *Du mich auch, Nicole.*

»Nici, da ist mir einmal etwas wichtig, da willst du mich stehen lassen.«

»Vielleicht sind mir die Ohrringe auch wichtig?«

»Aber die hast du doch eh schon zu Hause?!«

73

»Du verstehst mich einfach nicht. Du bist richtig langweilig geworden.«

Zack, schon steht Nicole auf. Sie schmeißt ihr Handy in die Tiefen ihrer Designertasche und stöckelt aus dem Café. So unangebracht es auch sein mag, jetzt muss ich lachen. Emilia dagegen findet das gar nicht witzig. Man kann richtig die kleinen Wutwölkchen um ihren Kopf herum aufsteigen sehen. »Unglaublich«, sagt sie nur. Keine Ahnung, wie sie überhaupt mit dieser Nicole abhängen kann. Ich habe mir schon immer gedacht, dass außer Mode und Männer nicht viel in ihrem Köpfchen sein kann und in diesem Moment fühle ich mich darin nur bestätigt. Auch kein Wunder, dass Julius mit ihr nichts weiter anfangen wollte.

»Sie ist nicht immer so«, sagt Emilia dann, als ahnte sie meine Gedanken.

»Nur oft, was?«

»Etwas kompliziert ist sie vielleicht.«

»Ich finde sie gar nicht kompliziert, sondern eher wahnsinnig einfach.«

Sie lächelt. Ha! Also weiß sie selbst, dass ihre Freundin nicht die Hellste ist.

»Was für einen Text meintest du denn?« Keine Ahnung, warum ich jetzt so nett bin. Aber irgendwie muss ja auch ich diese Freistunde herumbekommen.

»Julia.«

»Hm?«

»Meinen Julia-Text.«

»Ach es geht um das Theaterstück!«

»Genau.«

74

»Und du spielst Julia?«

»Jep.«

»Puh!«

Das ist natürlich schon krass. Wir haben letztes Jahr in Englisch das Stück durchgenommen und ich erinnere mich gut daran, wie ellenlang Julias Monologe sind. Das auswendig zu lernen, ist für mich die reinste Horrorvorstellung. Emilia kramt ein Heft hervor und lässt es vor mir auf den Tisch klatschen.

Ich schlage es auf und lande gleich in einer mir gut bekannten Szene: »Entweihet meine Hand verwegen dich, oh Heiligenbild, so will ich's lieblich büßen. Zwei Pilger, neigen meine Lippen sich, den herben Druck im Kusse zu versüßen.« Herausfordernd schaue ich sie an. Und sie kommt der Aufforderung nach: »Es wäre sicher einfacher, wenn du mir vorher sagst, welche Szene du liest. Aber diese kann ich schon ganz gut: Nein, Pilger, lege nichts der Hand zu Schulden, für ihren sittsamandachtsvollen Gruß.«

Ok, wie Romeo und Julia sich kennenlernen, hat sie also schon drauf. »Wie steht es um die Balkonszene?«

»Versuch mal.«

Also blättere ich ein bisschen weiter: »Der Narben lacht, wer Wunden nie gefühlt! Doch still, was schimmert durch das Fenster dort? Es ist der Ost, und Julia die Sonne!«, ich muss lachen. »Wahnsinn, ist das ein Kitsch!«

»Das ist kein Kitsch, das ist die wohl bekannteste Liebesgeschichte der Welt.«

»So drückt sich kein Mensch mehr aus.«

»Und das heißt dann, wir sollten es auch nicht mehr tun?«

»Nein...« *Spaßbremse.* »Jetzt sag mir mal lieber, was Julia da-

75

zu zu sagen hat.«

Völlig konzentriert kommt sie zur Sache:»O Romeo! Warum denn Romeo? Verleugne deinen Vater, deinen Namen! Willst du das nicht, schwör' dich zu meinem Liebsten und ich bin länger keine Capulet!«

»Nicht schlecht. Du scheinst das echt schon gut zu können.«

»Diesen Text auswendig zu lernen, nimmt gerade den größten Teil meiner Freizeit ein.«

»Ich könnte das nicht.«

»Ach, mir fällt das gar nicht so schwer. Das geht schneller als Mathe.«

»Da bist du doch auch so eine Überfliegerin.«

»Nein, das ist alles nur harte Arbeit.« *Streber halt.*

»Ich bin überhaupt nicht so ehrgeizig«, gebe ich unverhohlen zu. Mit einem Finger dreht sie in ihren langen Haaren herum, die ihr in leicht geschwungenen Wellen über die Schulter fallen. Es sitzt alles so perfekt an ihr, genau wie der Bühnentext.

»Ich würde mich nicht als sonderlich ehrgeizig bezeichnen.«

»Woher kommt das dann?«

Sie streicht sich ein paar Strähnen aus dem Gesicht und lehnt sich vor:»Verantwortung und Erwartung.«

»Hm?«

»Ich weiß, was ich tun kann und was ich tun muss. Und ich weiß, was andere von mir erwarten.«

»Klingt nicht sonderlich selbstbestimmt.«

Weite blaue Augen schauen mich an, ich kann förmlich sehen, wie sich dahinter die Gedanken sortieren. Habe ich da einen wunden Punkt getroffen?

»Weißt du,« sie lehnt sich zurück und ich fühle mich von

ihren Augen durchleuchtet wie von einer Röntgenmaschine
»...manchmal kann man nicht nur im eigenen Interesse handeln.«
»Ist mir schon klar.«
»Ich glaube, auch du bist nicht völlig selbstbestimmt.«
»Inwiefern?«
»Handelst du immer so, wie es dir am besten passt? Denkst du
nie darüber nach, was die anderen denken?«
Wie gerne würde ich ihr ein selbstbewusstes »Ja!« entgegen-
werfen, aber es bleibt mir im Hals stecken. Denke ich derzeit
nicht ausschließlich daran, was die anderen wohl denken?
»Wollen wir mit dem Text fortfahren?«, schlage ich vor. Sie
guckt mich etwas verwundert an, aber da habe ich schon wieder
mit dem Lesen begonnen.

Romeo und Julia ist schon eine tragische Geschichte. Zwei lieben
sich, aber keiner kann sie verstehen, weil für die Menschen
Tradition und Hass mehr wert sind als Liebe. Ich kann nicht
nachvollziehen, wie Leute so sein können. Klar, das spielt in ei-
ner alten Zeit und die Menschen waren anders gestrickt damals,
aber mein Gott, wie schwer kann man es sich eigentlich machen?
Darüber spreche ich auch mit Milan, als wir uns in der nächsten
Pause endlich auf dem Schulhof wiedertreffen. Er ist tatsächlich
bei der Theatergruppe eingestiegen.
»Letzten Sonntag hatten wir Probe im Rathaus-Theater.«
»Probe? Du kannst doch nicht einmal deinen Text.«
»Mann, das ist klar. Den muss ich mir jetzt eben einprügeln.«
»Und sie haben dich gleich aufgenommen?«
»Ja, mit Kusshand. Ich musste nur einen kurzen Abschnitt vor
lesen, da gaben sie mir schon die Rolle von Benvolio.«

77

»Glückwunsch.«

Milans Wangen glühen. Ich habe ihn jetzt ja schon in vielen Situationen erlebt und er hat auch schon viele Mädchen gut gefunden, aber diese Theaternummer ist wirklich eine andere Größenordnung. »Ich hoffe, dir ist klar, wie viel Text sich hinter so einer Rolle verbirgt.«

Er rollt mit den Augen: »Das schaffe ich.«

»Ich habe heute mit Emilia Weidering geübt.«

»Echt jetzt?«

»Ich weiß auch nicht, wie das passieren konnte.«

»Mir scheint, ihr werdet noch richtig dicke Freundinnen.«

»Niemals.« Ein kalter Windstoß lässt uns zusammenzucken.

»Du bist der Pessimismus in Person, liebe Tinka.«

»Na gut, so schlimm ist sie ja gar nicht«, füge ich hinzu.

»Finde ich auch.«

Wir sitzen auf dem Schulhof und frieren uns den Hintern ab. Mittlerweile sinken die Temperaturen unter den Gefrierpunkt. Die Pfützen des letzten Regens sind allesamt zugefroren, kleine Fünftklässler versuchen auf ihnen zu schliddern.

»Aber Tinka, wenn du gerne Texte übst...«

»Das habe ich nie gesagt.«

»Dann kannst du ja auch mit mir mal üben.«

Dagegen kann ich mich schlecht wehren. »Ja, das können wir mal machen.«

»Komm mit mir zur Probe!«

»Wieso denn das?«

»Wir üben den Text dann, während die anderen ihre Szenen durchgehen. Jeden Sonntag und Mittwoch.«

»Ich habe mittwochs Training.«

»Dann komm am Sonntag! Bitte!«

Ich kann mir Spannenderes vorstellen. Diese positiven Energien, die er seit Neustem ausstrahlt, sind dennoch schwer zu ignorieren.

»Hilf mir im Namen der Liebe, Tinka.«

»Du bist ein schmalziger Spinner.« Aber er muss nur ein paar Mal mit den Wimpern klimpern, da hat er mich schon erwärmt.

DRITTER AKT

Heute holt mich Juli von der Schule ab. Ich kann ihn vom Schultor aus lässig an seinem Sportwagen lehnen sehen. Er sieht schon gut aus, keine Frage. Zwei Mädchen aus meiner Stufe werfen neugierige Blicke und stecken tuschelnd die Köpfe zusammen. Tja, sie hätten wohl nicht gedacht, dass Julius Weidering mit seinem protzigen Auto einmal auf mich warten würde. Mit leicht erhobener Nase stolziere ich an ihnen vorbei und werfe mich Julius in die Arme: »Das ist so lieb, dass du mich abholst!«

»Kein Ding.«

Wir haben uns für einen Weihnachtseinkauf verabredet. Ich wollte vermeiden, dass wir wieder knutschend auf dem Sofa landen, und habe deswegen ein unverfängliches Treffen außerhalb vorgeschlagen. Zu meiner Verwunderung ist er sogar darauf eingegangen. Unser Ziel ist die Innenstadt. Ich habe mir clevererweise bereits eine Liste geschrieben mit den Personen, die ein Geschenk von mir erwarten. Meine Eltern, meine Schwester, meine Tante und Milan. Es ist eine überschaubare Liste und ich bin heilfroh darüber, denn jedes Jahr wird der Geschenkekauf zum größten Stress des Jahres. Ich bin leider nicht sonderlich kreativ.

»Für wen willst du Geschenke besorgen?«, frage ich meinen Fahrer.

»Mein Vater bekommt eine Zigarre. Oma bekommt eine Kette oder so. Und Lili sollte ich vielleicht einen Ratgeber kaufen. So etwas wie *Wie höre ich auf, ständig schlechte Laune zu verbreiten* oder so.«

»Klingt gut.«

Die Stadt ist überfüllt. Noch drei Wochen bis Weihnachten und alle rennen hektisch von Laden zu Laden, als wäre das Fest bereits morgen. Jedes Jahr dieselbe Leier, bloß dass ich viel früher dran bin als sonst. Wir beginnen ganz vorne auf der Einkaufsstraße und arbeiten die Liste ab. Im großen Kaufhaus ergattern wir gleich die ganze Bandbreite an Geschenken. Meiner Mutter kaufe ich einen leuchtenden Stern, den sie dekorativ in irgendein Fenster hängen kann. Sie liebt Schnickschnack. Mein Vater dagegen bekommt eine überdimensional große Kaffeetasse mit seinem Namen drauf. Damit kann er seine Kaffeesucht noch besser ausleben. Und für Milan finde ich eine Tasse seiner liebsten Rockband. Keine Ahnung, ob ihn das freut, aber schlecht wird er es auch nicht finden. Julius läuft die ganze Zeit treu hinter mir her, ohne allerdings allzu viel Interesse für meine Einkäufe zu zeigen. Ich kann es ihm nicht verübeln. Eigentlich langweilt mich das alles hier ebenso sehr wie ihn.

Um Julius' Geschenke zu besorgen, kehren wir zunächst in einem kleinen Zigarrenladen ein und spazieren danach in das erstbeste Schmuckgeschäft, wo er eine Perlenkette ersteht. Wie eine Maschine arbeitet er seine Einkäufe ab.

»Dann fehlt also nur noch etwas für unsere Schwestern«, stelle ich bereits leicht angestrengt von der vielen Umherlauferei fest.

»Lass uns mal in den Buchhandel gehen.«

81

»Meinst du das etwa ernst mit dem Ratgeber?«

»Man kann ja mal gucken.« Also folge ich ihm in den dreistöckigen Bücherladen, wo er wieder, ohne links oder rechts zu schauen, seinen Weg zu den Ratgebern findet. Ich stelle fest, dass es zu wohl allen Themen dieser Welt Ratgeber gibt. Selbstverwirklichung, Tod und Trauer, Berufsfindung, mentale Blockaden, Sucht... Und natürlich Liebe. Unendlich viele Bücher über die Liebe. Während Julius die Regale absucht, bleibe ich unweigerlich an einem Buch mit dem Titel *Endlich glücklich!* hängen.

Der Klappentext verspricht Großes: *Sind Sie immer noch auf der Suche nach Liebe und dem Zauber, der damit verbunden ist? Stürzen Sie sich bloß von einer scheiternden Beziehung in die nächste und haben Sie das Gefühl, niemals richtig anzukommen? Diplom-Psychologin Barbara Hirsch zeigt Ihnen den Weg hinaus aus der verzweifelten Suche und hinein in das Glück. Lernen Sie, falsche Vorstellungen loszulassen, lernen Sie sich selbst lieben – und werden Sie endlich glücklich!*

Sollte es mir peinlich sein, dass mich dieses Buch anspricht? Es ist sicherlich eher an frustrierte, Mitte 40-jährige Frauen gerichtet und nicht an verwirrte 17-Jährige wie mich. Dennoch schlage ich die ersten Seiten auf und nehme die Kapitel unter die Lupe. Das Buch behandelt verschiedene Problemstellungen: *Das Problem der falschen Erwartungen, das Problem der eigenen Bedürfnisse, das Problem der Gesellschaft.* Ich glaube, alle Probleme könnten auf mich zutreffen.

»Was liest du da?«, Julius tritt an mich heran. »Endlich glücklich? Für wen ist das, für deine Tante?« Er nimmt mir das Buch aus der Hand und blättert darin: »*Vielleicht aber wissen Sie*

82

bereits, dass Ihr größtes Problem in Ihnen selbst liegt. Oft schlagen sich unsere psychischen Probleme auf unsere Beziehungen nieder. Nicht selten sind es unsere tiefsitzenden Hemmungen, die uns am wahren Liebesgefühl hindern ... Was ein Scheiß.« Er klappt es zu und guckt mich verständnislos an. »Willst du das etwa kaufen?«

»Nein. Leg es weg.«

»Das da ist viel spannender«, sagt er, auf ein dunkles Buch in der Ecke des Regals deutend. *Perfect Lovers – Erfüllende Erotik* heißt das Werk, das Julius natürlich spannender findet. Er greift sofort danach und durchblättert es mit schelmischem Grinsen.

»Oh ja. Lies dir lieber das mal durch.« Mit einem Augenzwinkern drückt er es mir in die Hand und geht selbst wieder die Regale durchstöbern.

Unsicher schaue ich mir den Einband an. Es zeigt ein schwarzweißes Bild eines nackten Frauenkörpers, durchaus ästhetisch in Szene gesetzt. Naja. Ich kann ja mal reinschauen ... Klasse, gleich die erste Seite, die ich aufschlage, lacht mir höhnisch ins Gesicht: *Die Faszination des eigenen Geschlechts.*

Unfassbar.

Das vermeintlich Verbotene des Begehrens des eigenen Geschlechts beinhaltet einen ganz besonderen Reiz – auch für heterosexuelle Menschen. Haben auch Sie schon einmal davon geträumt, die feste Brust eines anderen Mannes, oder die weichen Schenkel einer anderen Frau zu berühren? Der Sex mit einer Person des eigenen Geschlechts kann reizvoll und betörend sein. Vielleicht sind Sie sich aber noch nicht sicher, ob das etwas für Sie wäre? Denken Sie über folgende Fragen nach...

Muss ich mir sowas wirklich reinziehen? Ich blättere ein paar

Seiten weiter. ... *dann verwöhnen Sie ihn doch mal mit dem Mund.* Und weg damit.

Leicht beklommen lege ich es wieder zurück und schaue mich nach meinem Begleiter um. Ich finde ihn bereits an der Kasse stehend. Als er zu mir kommt, winkt er zufrieden mit einem Buch namens *Schluss mit dem Strebersein.*

»Ist das für Emilia?«

»Klar. Also wenn dies nicht DAS Buch für sie ist, dann weiß ich auch nicht.«

»Meinst du nicht, sie kommt sich damit nur verarscht vor?«

»Letztes Jahr bekam ich von ihr ein BWL-Lexikon. Da kam ich mir verarscht vor!«

»Ihr seid ja richtig witzig.«

»Nein, ich bin witzig, sie ist einfach bescheuert.«

Mittlerweile schleppen wir beide unhandliche Tüten mit uns herum. Julius schlägt vor, in einem Café Pause zu machen und ich kann ihm nur danken für diese Idee. Wir müssen uns bloß noch an wenigen Leuten vorbeiquetschen, bis wir da sind, doch unser Vormarsch wird jäh gestoppt, als ich gegen eine rote Daunenjacke laufe, dessen Träger sich lauthals beschwert.

»Daniel, altes Haus, was machst du hier?« Julius klopft Daniel freudig auf die Schulter. Manchmal fühle ich mich wie ein Magnet für Leute, die ich nicht sehen möchte.

»Ich bin mit Lili Einkäufe erledigen.«

Schon taucht Besagte neben ihm auf. »Ach, so ein Zufall«, begrüßt sie uns verhalten.

»Du hast gestern gar nichts davon gesagt, dass ihr zur gleichen Zeit hier seid«, sagt ihr Bruder, woraufhin sie mit den Schultern zuckt: »Es hat sich spontan ergeben.«

»Naja, wir sind eh so gut wie fertig. Wir wollen gerade eine Pause in dem Café einlegen.«

»Da hätte ich jetzt auch mehr Bock drauf«, meint Daniel. Und schon verwandelt sich der Weihnachtsbummel in ein weiteres Doppeldate. Da ich sowohl erschöpft als auch durchgefroren bin, komme ich nicht dazu, mich angemessen darüber zu ärgern. Der Laden ist brechendvoll, laut und sehr gut beheizt.

»Sieht schlecht aus«, deutet Juli die Lage und gerade, als wir aufgeben und uns zum Gehen wenden wollen, stehen neben uns Leute auf. Es ist der schlechteste Tisch, direkt neben dem Eingang, aber immerhin kann ich mich setzen und aufwärmen. Leider erwische ich dabei den Platz mit dem Rücken zur Tür, wo es unangenehm zieht. Ich zupfe meinen Schal um den Hals zurecht und bestelle mir eine heiße Schokolade.

»Ich habe schon das perfekte Geschenk für dich, mein Schwesterchen«, säuselt Julius und tunkt seinen Keks in die Tasse.

»Oh, ich freue mich. Ich habe dir auch schon Band 2 der betriebswirtschaftlichen Enzyklopädie besorgt.«

Ich frage mich, ob das Ironie oder Ernst ist. Dennoch muss ich schmunzeln. Juli schüttelt nur den Kopf.

»Ich habe ihr empfohlen, dir lieber die Biographie Hugh Hefners zu besorgen, aber irgendwie ist sie darauf nicht eingegangen«, sagt Daniel grinsend.

»In Wahrheit hast du mir das nur empfohlen, weil dich das selbst interessiert«, meint Emilia.

»Hast recht.«

Daniel und Julius kichern kindisch. Man möchte nicht glauben, dass die beiden Herren die Ältesten hier am Tisch sind.

Müde rühre ich in meinem Kakao. Kann es denn wahr sein, dass Jungs wahrhaftig so sexbesessen sind, wie man klischeemäßig meint? Ein Blick in Daniels immer noch grinsendes Gesicht lässt mich glauben, dass dies bei ihm höchstwahrscheinlich der Fall ist. Unglaublich, wie viel Zeit ich mittlerweile mit diesen Menschen verbringe. *Wieso überhaupt?!*

Die Café-Tür öffnet sich, der kalte Luftstoß lässt mich erschaudern. Ich drehe mich kurz um. Zwei Frauen passieren unseren Tisch. Die eine kenne ich.

»Uh, Katinka, ihr grüßt euch gar nicht mehr?«, frotzelt Daniel, als er feststellt, dass soeben Debora an uns vorbeigelaufen ist. Ich ignoriere seine Bemerkung.

»Ist das etwa die?«, fragt Julius zu Daniel gewandt, der zähnebleckend nickt. »Aber es scheint Tinka nicht viel auszumachen, dass sie mit einer anderen unterwegs ist!«

Der hat gesessen. »Was soll das?«, entfährt es mir scharf.

Daniel guckt mich nur blöd an, wohl etwas verwundert darüber, dass ich ihn so anfahre. »Ich mein ja nur.«

»Was?«

Jetzt sagt er nichts.

»Aber jetzt mal im Ernst«, sagt Julius. »Was lief denn da wirklich zwischen euch?«

Die gemeinen Fragen haben mich also wieder eingeholt. Egal, was ich mache und mit wem, die Leute interessiert nur eines an mir wirklich. Die Runde richtet alle ihre Augen auf mich. »Da war gar nichts«, sage ich also und versuche, nicht peinlich berührt auszusehen.

»Nach gar nichts hat das nicht ausgesehen...« Daniel kann einfach nicht seine Klappe halten.

86

Emilia schenkt ihm einen unzufriedenen Blick.

»Also ist sie einfach über dich hergefallen?«, fragt mich Julius.

»So in etwa«, antworte ich.

»Ich wusste schon immer, dass die eine kleine Lesbe ist«, fügt Daniel an. »Dir hätte ich es allerdings auch zugetraut.«

Was?! Er will mich ganz offensichtlich richtig ärgern. Vorbei ist es mit meiner Coolness, sie schmilzt dahin, mein Puls schießt in die Höhe. Auch Julius scheint nach dieser Bemerkung sprachlos zu sein. Emilia schaut schweigend auf den Tisch.

»Du, das ist jetzt gar nicht böse gemeint«, sagt Daniel dann mit einem scheinheiligen Gesichtsausdruck. »Immerhin ist das ja fast gang und gäbe bei euch im Frauenfußball.«

»Das zeigt mir nur, dass du überhaupt keine Ahnung vom Frauenfußball hast«, zische ich mit zusammengebissenen Zähnen, angestrengt bemüht, wie die Ruhe selbst zu klingen.

Seine symmetrischen Gesichtszüge verziehen sich, als er eine Augenbraue anhebt: »Du willst doch nicht etwa behaupten, ihr hättet nicht auffällig viele Mannsweiber in der Sportart?«

»Wir haben nicht halb so viele Mannsweiber, wie ihr hirnlose Machos habt.«

»Der Punkt geht an Tinka«, versucht Julius die Situation zu entschärfen. Vergeblich. Daniel lehnt sich über den Tisch zu mir vor und senkt die Stimme: »Du brauchst gar nicht gemein werden, Tinka. Ich habe kein Problem mit Lesben. Sie machen mich eher an.«

Emilia schaut entsetzt zu ihm rüber. »Was soll das hier eigentlich werden?«, raunt sie ihren Freund an, der seine Augen nicht von mir abwendet. Er will meine Reaktion sehen.

87

»Zu schade, dass nie eine von ihnen in deinem Bett landen wird, nicht wahr« entgegne ich. Soll er doch eine Gemeinheit nach der anderen anbringen, ich werde sie zerschlagen.

»Die würden sich freuen, mal einen richtigen Kerl zu kriegen«, spottet er zurück.

Emilia schlägt die Hände vor dem Gesicht zusammen. Ich hoffe, sie schämt sich angemessen für ihren peinlichen Freund.

»Ich wusste gar nicht, dass du so ein Hinterwäldler bist«, sage ich, unfähig, weiterhin sachlich zu bleiben.

»Wieso Hinterwäldler? Nur weil ich weiß, was Frauen wollen?«

»Das wird ja immer lustiger hier.«

»Verrate mir mal, Katinka: Warum sollte eine Frau keinen Mann haben wollen?«

»Oh, da gibt es sicher tausend Gründe. Eigentlich muss man dir nur einmal zuhören, und schon hat man die Antwort gefunden.«

»Wie wäre es, wenn ihr beide euch mal wieder beruhigt?«, schaltet Julius sich ein.

Daniel schnauft wie ein Kessel, kurz bevor er überkocht. »Ich an deiner Stelle würde mal schön aufpassen, Juli, deine Freundin hier hat ganz komische Tendenzen«, giftet er.

Wenn Blicke töten könnten, Daniel wäre längst vom Stuhl gekippt. Nur leider klappt das nicht. In großen Zügen leere ich meine Tasse und mache Julius mit einem auffordernden Blick deutlich, dass ich gewillt bin zu gehen. Er versteht mein Drängen und winkt einer Kellnerin, um zu bezahlen.

Noch im Auto spüre ich den Wutvulkan in mir brodeln. Daniel entpuppt sich mehr und mehr als der wohl größte Voll-

88

idiot dieser Welt. Wie kann Emilia mit so einem zusammen sein?

»Mach dir nichts aus Daniel, solche Diskussionen haben wir öfter«, sagt Juli irgendwann, nachdem schon einige Zeit des Schweigens verstrichen ist.

»Diskussionen über fußballspielende Mannsweiber, die eigentlich bloß einen Kerl wie Daniel brauchen?«

»Nicht direkt. Aber Daniel ist halt ein Fußballer durch und durch. Ein ganzer Mann eben.«

»Bitte? Er redet wie ein dummer, kleiner Junge.«

»Daniel legt einfach viel Wert auf Männlichkeit.«

»In welcher seiner Aussagen war denn irgendetwas von Männlichkeit versteckt? Er war nur doof. Total beschränkt. Alles, was ich an einem Menschen scheiße finde.«

»Du übertreibst.«

Jetzt regt Juli mich auch noch auf. »Ich habe keine Ahnung, wie deine Schwester es mit diesem Typen aushält.«

»Er ist einfach ein gut aussehender Typ, der ihr aus der Hand frisst. Lustig kann er auch sein.«

»Ich habe schallend gelacht«, spricht die Ironie aus mir.

»Warum so bitter? Ist doch total egal, was Daniel tut und sagt.«

Natürlich. Ich gebe keinen Pfifferling auf Daniels Meinung über Gott und die Welt. Aber leider weiß Julius einfach nicht, dass Daniel meinen derzeit wundesten Punkt getroffen hat. Er weiß nicht, dass es genau Menschen wie Daniel sind, vor denen ich Angst habe, wenn Gerüchte wie das von Debora und mir die Runde machen. Er weiß eigentlich gar nichts von mir. Und ich nichts von ihm. Wieder schweigen wir uns an.

»Willst du noch mit zu mir?«, fragt er dann.

89

»Nein, ich muss noch Hausaufgaben machen.« Ein lächerlicher Vorwand, denn ich mache selten meine Hausaufgaben, aber mir ist spontan nichts Besseres eingefallen. Ich will jetzt einfach meine Ruhe haben.

Sonntag. Wie mit Milan ausgehandelt, befinde ich mich im Saal des Rathaus-Theaters. Ungefähr 20 Mitschülerinnen und Mitschüler tummeln sich hier in den vordersten Reihen. Ein kahlköpfiger Mann betritt die Bühne, im Schlepptau hat er Emilia. Wie gut sie in dieses Ambiente passt. Heute sieht sie richtig intellektuell aus. Das Haar ordentlich zurückgesteckt, eine Brille auf der Nase, um den Hals locker ein violettes Tuch. Kerzengerade Körperhaltung. So schaut sie auf uns hinab. Der Mann ergreift das Wort und verkündet, welche Szenen er heute mit wem durchgehen will. Er scheint hier der Regisseur zu sein. Während seiner Erläuterungen entdeckt Emilia mich zwischen den Schauspielenden und zieht die Brauen hoch. Ich deute auf Milan neben mir und sie antwortet mit einem wissenden Lächeln.

»...und dann würde ich gerne mit dem Anfang beginnen. Wenn sich bitte alle aus der ersten Szene auf der Bühne einfinden würden? Gregorio, Simson, Tybalt, Benvolio ...«

»Scheiße, ich schon?«, entfährt es Milan neben mir.

»Tja, das war es dann wohl mit dem Textüben«, stichle ich.

»Tinka, ich sterbe ...«

»Ach, so ein Quatsch. Du wirst ja wohl schon ein bisschen gelernt haben.«

»Ich kann das nicht.«

»Geh schon!«

Alle um uns herum stehen auf und verteilen sich. Die, die

90

zum Regisseur auf die Bühne sollen, gehen dorthin und der Rest geht in irgendwelche Ecken oder schaut den anderen auf der Bühne zu. Ich schubse Milan in Richtung Bühne und bleibe noch kurz stehen, um mir anzusehen, wie er völlig verängstigt und kreidebleich die Stufen erklimmt. Der coole Milan kann ein richtiges Würstchen sein. Gerade als ich überlege, ob ich es mir nicht hier irgendwo gemütlich machen sollte, um Milan zuzuschauen, taucht Emilia neben mir auf. »Wie schön, dass du mitgegangen bist«, begrüßt sie mich.

»Milan hat herausgefunden, wie gut ich beim Textlernen helfen kann«, sage ich mit einem Augenzwinkern.

»Das trifft sich doch gut. Willst du mir weiterhelfen?«

Schulterzuckend gebe ich zu verstehen, dass wohl nichts dagegen spricht. Wir verlassen den Saal und ich folge ihr in den Bereich hinter der Bühne. Sie führt mich um ein paar Ecken herum bis zu einem Gang, von dem die Künstlergarderoben abgehen. In der großräumigen Frauenumkleide nehmen wir auf zwei Stühlen Platz. Die riesigen Spiegel hier machen es unmöglich, sich nicht anzuschauen.

»Scheiße, wie sehe ich denn aus...«, sage ich, während ich schockiert meine Blässe betrachte. Dieser Spiegel zeigt mir jede einzelne meiner Poren auf.

»Du siehst gut aus, wie immer.«

»Du brauchst mich nicht anzulügen.« Emilia hat gut reden. Im Vergleich zu ihrem makellosen Auftreten sehe ich wie die reinste Schreckschraube aus.

»Du hörst dich schon an wie Nicole«, sagt sie, während sie ihr Textheft hervorzieht.

»Oh nein! Das will ich wirklich nicht!«

91

Daraufhin rollt sie mit den Augen. »Nicole kann auch lieb sein. Zu lieb sogar.«

»Warum fällt es mir schwer, das zu glauben?«

»Weil du sie nicht kennst.« Sie hat den autoritären Ton drauf, mit dem sie auch immer vor der Klasse redet. »Manchmal muss man erst einmal hinter die Maske der Leute schauen.«

Schon fühle ich mich eingeschüchtert. Um nicht so zu wirken, überlege ich mir schnell, was ich darauf sagen könnte. Alles, was mir einfällt, ist: »Vielleicht. Ich kann mir bei ihr eben nicht viel vorstellen. Ich kann mir Nicole zum Beispiel auch gar nicht mit Julius vorstellen.«

»Sie passen ja auch nicht zusammen.«

»Weil Nicole zu lieb ist vielleicht?«

»Genau.«

Oh. Ich hatte das eher scherzhaft gemeint, weil ich das für den letzten aller Gründe gehalten hätte.

»Mein Bruder kriegt immer alles, was er will. Er braucht mal eine, die ihm das nicht gibt.«

»Erzähl mir doch ein bisschen genauer, was da zwischen den beiden war. Bitte.«

»Die Geschichte ist schnell erzählt: Nicole war oft bei mir und da mein Bruder ja nichts zu tun hat in seinem Leben, war er auch immer da. Sie hat sich in ihn verliebt, er ist ein paar Mal mit ihr ins Bett gegangen. Dann hat er ihr gesagt, dass er keine Gefühle für sie hat und seither ist Nicole ein gebrochener Mensch.«

Wirklich? Blöderweise fehlen mir jetzt die Worte. Vielleicht, weil ich überrascht bin, dass Julius so etwas gemacht haben soll, vielleicht aber auch, weil Emilia genauso abfällig über ihren

Bruder redet wie er über sie.

Sie sieht mir die Unsicherheit an und fügt hinzu:»Du, ich will Julius nicht in den Dreck ziehen. Immerhin ist er bei seinem Playboy-Gehabe immer ehrlich, er macht niemandem falsche Hoffnungen.«

»Ihr habt beide nicht viele liebe Worte für einander übrig.«

»Wir haben tatsächlich eine schwierige Zeit gerade. Das hat verschiedene Gründe. Er ist eben kein perfekter Mensch, aber das bin ich auch nicht, wer ist das schon.«

Ich nehme den Text an mich, bin aber gedanklich noch beschäftigt. Julius hat mit Nicole geschlafen. Welch eine komische Vorstellung. Überhaupt.»Was meinst du eigentlich mit Playboy-Gehabe?«, spreche ich zögerlich und ernte einen fragenden Blick. Ich erläutere:»Naja, das klingt ja, als wäre Julius ein notorischer ...«

»Flachleger. Ja. Aber das war schon einmal schlimmer, mittlerweile geht es.«

Wie unbekümmert sie das sagt. Ist das etwa normal?»Entschuldige, aber jetzt bin ich irgendwie verunsichert. So kommt er mir gar nicht vor.«

Ihr Gesichtsausdruck ist völlig ernst.» Wie gesagt, er war schon schlimmer. Mit dir ist er anders als mit Nicole.«

Das schmeichelt mir.

»Vielleicht, weil du auch einfach anders bist.«

Nicht so lieb etwa? »Wie meinst du das?«

»Du rennst ihm nicht nach. Du überschüttest ihn nicht mit Liebesbekundungen. Und du hast noch nicht mit ihm geschlafen.«

Noch nicht. Ihre Wortwahl löst leichte Nervosität in mir aus.

93

Aber woher weiß sie das überhaupt?»Sag mal, redet er mit dir darüber?«

Sie schüttelt den Kopf:»Nein. Aber wann hättet ihr es machen sollen?«

»Stimmt, du warst ja bei jedem Treffen dabei...«

»Tut mir leid.«

»Nein, das macht mir nichts.«

»Siehst du. Du bist anders.«

Wir schauen uns abwartend an. Gespräche mit ihr irritieren mich zunehmend. Sie ist irgendwie kryptisch. Nicht einzuschätzen. So wie sie mit mir spricht und wie sie mich dabei anschaut, kann ich nicht einmal mit Sicherheit sagen, ob sie mich mag oder völlig scheiße findet. Vielleicht denkt sie jetzt in diesem Moment bereits, dass ich die größte Flachpfeife bin. Dass ich ein naives, kleines Mädchen bin, das ihren Bruder nicht richtig einzuschätzen weiß. Vielleicht. Allerdings nimmt sie mich mit zum Textüben. Ganz so schrecklich kann sie mich nicht finden.

»Du scheinst dir viele Gedanken über mich zu machen«, sage ich halb zu ihr, halb zu mir selbst.

Sie schaut auf ihre Hände, prüft ihre Fingernägel. Verlegen?

»Immerhin triffst du meinen Bruder.«

»Ja. Klar. Der Freund meiner Schwester interessiert mich auch brennend.«

»Echt?« Wie perplex sie aussieht.

»Nein, das war ein Scherz!« Ich lache und sie tut es mir gleich. Dann schaut sie mich wieder eindringlich an und sagt:

»Wie Daniel sich letztes Mal benommen hat, tut mir übrigens leid. Das wollte ich dir noch sagen.«

Ich winke ab:»Ach. Tut mir leid, das so sagen zu müssen,

94

aber was Daniel denkt, ist mir herzlich egal.«

»Das hat nicht so gewirkt.« Da ist sie wieder, die Irritation. »Ich weiß, dass er dich aufgeregt hat. Er wollte auch nichts anderes bezwecken. Es tut mir wirklich leid.«

»Schwamm drüber«, meine ich.

»Ich habe auch gar nicht verstanden, warum er darauf so herumreiten musste. Schließlich hast du was mit Juli am Laufen.«

»Hm«, ich nicke. Nun schlage ich den Text auf, denn eigentlich wollten wir ja üben.

»Gut, fangen wir an«, versteht sie den Wink mit dem Zaunpfahl. Sie blickt prüfend in den Spiegel und rückt ihre Brille zurecht. »Ich wäre soweit.«

»Ich finde übrigens, dass dir die Brille erstaunlich gut steht«, höre ich mich sagen.

Sie schaut überrascht aus, aber bedankt sich dann lächelnd. Zwar hinterlässt es mich mit einem beschämten Flattern im Magen, aber man darf ja wohl mal sagen, was man denkt? Es ist OK. Es ist OK, dass ich das gesagt habe. Und jetzt sollte ich schnell den Text lesen.

Über eine Stunde sitze ich mit ihr in dieser Umkleide und spreche ihre Szenen durch. Die Balkonszene gehen wir dreimal durch, so dass ich mittlerweile selbst schon Teile des Textes auswendig kenne. Irgendwann klopft es an der Tür. Ein schmaler Typ mit feinen Gesichtszügen öffnet und bittet Emilia mitzukommen. Sie wäre jetzt dran. So folgen wir ihm zurück in den Saal und ich sehe Milan in der zweiten Reihe sitzen. Seine anfängliche Blässe hat sich zu einem tiefen Rot gewandelt, er scheint immer noch unter Strom zu stehen. Ich geselle mich zu ihm und tätschle ihm die Hand: »Alles in Ordnung?«

95

»Es war toll!«

»Wirklich?«

»Ich glaube, ich bin zum Schauspieler geboren.«

»Wow.«

»Ja. Bloß Jessica hat mich nicht ein einziges Mal angesehen. Ich hoffe, das kommt noch...«

Auf der Bühne machen sich derweil Emilia und der schmale Typ bereit. »Ist das Romeo?«, frage ich Milan, der nickt. »Er ist eine Stufe unter uns. Nico heißt er. Super netter Typ, aber auch super schwul.«

Überrascht schaue ich hoch zu ihm. Jetzt, wo Milan es sagt, kann ich es auch sehen. Nico ist ein dunkelhaariger, hochgewachsener junger Mann. Viele würde ihn sicher als hübsch bezeichnen. Aber wie er die Hände bewegt, wie er den Kopf neigt ... Nico hat leicht feminine Züge. Seinen Text spricht er inbrünstig und mit einer breitbeinigen, starken Körperhaltung. Emilia dagegen wirkt ganz blütenhaft zart und schaut ihn verliebt an.

»Wenn man voll in der Rolle ist, kann man alles verstecken, Tinka. Da wird man einfach zu dem, was man vorgibt zu sein...« Selbstvergessen schaut Milan zur Bühne hinauf. »Manchmal glaube ich, dass wir alle bloß Schauspieler in einem einzigen großen Theaterstück sind. Wir setzen Masken auf und sprechen unsere Texte, weil wir wissen, dass man das sehen und hören will. Wir verstecken uns hinter Makeup und Kostümen. Manchmal aber zwingt uns die Geschichte, die Rolle zu tauschen. Und dann wissen wir plötzlich, wer wir wirklich sind.«

Ungläubig starre ich meinen Freund an. Als er meinen Blick bemerkt, schaut er mich ebenso verwundert an und beginnt zu kichern.

Samstag Abend, es ist wieder so weit. Die ganze Woche über haben Julius und ich seichte Nachrichten ausgetauscht, bis er mich schließlich zu sich einlud. Ich habe mich nicht sonderlich darum bemüht, denn ganz geheuer ist mir das mit ihm, dem Playboy, nicht mehr, aber andererseits hat Julius mir auch nichts getan. Bis auf wilde Knutschorgien hat er nichts angezettelt und wie kann ich ihn für etwas verurteilen, was ich bloß gehört habe? In Erinnerung an meinen Entschluss, nun endlich meine Erfahrungen machen zu wollen, habe ich ihm zugesagt und schaue nun leicht nervös dem Abend bei ihm entgegen.

Als ich bei den Weiderings eintreffe, ist es bereits dunkel. Das Haus ist mittlerweile in weihnachtliche Lichter gehüllt und ein aufwändig gebundener Kranz baumelt an der Haustür. Wie schon zuletzt ist es nicht Julius, der mir öffnet.

»Ach, schon hier?«, Emilia wirkt etwas verunsichert.

»Ähm ja? Ich meine, Juli und ich hatten sechs Uhr ausgemacht.«

Hinter ihr erscheint Daniel in der Tür. Wir begrüßen uns mit einem Kopfnicken.»Juli ist noch nicht hier«, sagt Emilia, aber öffnet die Tür ein Stück weiter.»Du kannst von mir aus bei uns warten. Wir trinken gerade Tee mit Oma.«

Nun lerne ich also die unterste Etage kennen. Emilias Oma bewohnt eine geräumige Wohnung. Beim Eintritt in diesen Abschnitt des Hauses ist es wie beim Übergang in eine andere Welt. Das ganze Wohnzimmer ist mit Möbeln ausgestattet, die nicht zum Stil des restlichen Hauses passen wollen, sondern eher einem anderen Zeitalter entsprechen. Es hat aber seinen ganz eigenen Charme. So nehme ich Platz auf einem dicken Sessel, in

97

den ich gleich ein paar Zentimeter hinein sinke, da er wohl jahrzehntelang durchgesessen worden ist. Oma Weidering sitzt auf einer Couch am Fenster, Emilia und Daniel sitzen ihr gegenüber. Nein, Daniel sitzt nicht, Daniel hängt auf dem Sofa wie eine labberige, alte Socke. Er langweilt sich, eindeutig. Die alte Dame ist in einen roten Pullover gekleidet und um ihren Hals ranken sich mehrere Perlenketten. Ihr nicht mehr ganz so volles Haar ist ganz adrett zusammengekämmt. Die Hände hat sie in den Schoß gelegt und guckt etwas teilnahmslos im Raum umher. Irgendwo tickt eine Uhr beständig die Sekunden ab.

»Trinken Sie schwarzen Tee?« Oma Weidering schaut mich an. Ich bejahe und sogleich gießt Emilia mir etwas aus der Teekanne ein.

»Ich habe echt keine Ahnung, wo er sich herumtreibt«, sagt sie dabei zu mir, ohne mich anzugucken. Mich ergreift das Gefühl, dass sie mich nur ungern hier hat.

»Wo wer ist?«, schaltet sich die Oma ein.

»Julius«, antworte ich ihr, doch sie wiederholt: »Wer?«

Ich kassiere einen unsicheren Blick von Emilia und ein Kopfschütteln Daniels. Keine Ahnung, was sie von mir wollen.

»Katinka ist heute eigentlich ein Gast von Julius, Oma.«

»Julius?«

»Genau.«

»Wohnt der hier?«

»Ja, das weißt du doch.«

Die alte Frau zuckt mit den Schultern: »Ich bin 87 Jahre alt, ich weiß gar nichts mehr, Elisabeth.«

»Emilia.«

»Sag deinem Mann lieber mal, dass ich diese Putzfrau nicht

mehr sehen kann.«

»Papa hat dir da schon was zu erzählt...«

Anscheinend werde ich gerade Zeugin, wie Oma Weidering Emilia mit ihrer Mutter verwechselt, ganz so wie Julius es erzählt hatte. Seltsame Situation. Es kehrt eine kurze Stille ein, in der ich wieder der Uhr lausche, während alle anderen ihren eigenen Gedanken nachhängen. Wobei Daniels Gesichtsausdruck ebenso leer aussieht, wie ich mich gerade fühle. Oma Weidering ergreift wieder das Wort: »Sie ist eine Diebin.«

»Ist sie nicht.«

»Eine diebische Polin.«

»Das sind reine Verschwörungstheorien, Oma.«

»Die wollen alle nur an mein Geld«, sagt die alte Dame dann zu mir. Ich lächele verhalten und sage: »Das kann ich mir nicht vorstellen ...«

»Elisabeth, ist sie auch eine Polin?« Jetzt wird Emilia rot und schaut ihre Oma warnend an. Daniel scheint sich derweil ein Grinsen mit aller Macht verkneifen zu wollen, schafft es aber nicht und wendet das Gesicht ab. *Idiot*.

»Ich habe keine Ahnung, welche Nationalität Katinka hat, Oma, aber ich denke, dass das auch überhaupt nichts zur Sache tut.«

»Wann bringst du meinen Juli mal wieder mit?« Schon hat Oma Weidering das Thema gewechselt und ich bin ganz froh drum. Dennoch kann ich Emilia ansehen, wie sie mit ihrer Geduld zu ringen hat. Hier kriegt sie nicht einen Moment lang diese Autorität zu Stande, die sie in der Schule so auszeichnet.

»Ich habe ihm schon oft genug gesagt, dass er dich mal wieder besuchen könnte.«

»Ich glaube, ich weiß gar nicht mehr, wie er aussieht.«

»Ich weiß, Oma.«

»Ich habe noch einen Pullover für ihn.« Ein Anflug von Traurigkeit schleicht sich über ihr Gesicht. Sie hat dieselben Augen wie Emilia, es liegt derselbe Ausdruck darin. Und in diesem Moment ist es ein verblüffendes Bild, wie beide sich da gegenüber sitzen und traurig anschauen, als säße dort derselbe Mensch, einmal in alt und einmal in jung. Ein Klirren zerreißt die Stille.

»Oh nein!«, heult die alte Dame auf. Ihr ist die Tasse heruntergefallen und die Scherben verteilen sich überall auf dem Boden. Sofort sammle ich die großen Stücke vor mir auf.

»Lass nur ...«, sagt Emilia aber da habe ich mich schon erhoben.

»Wo ist denn der Müll?« Ich folge ihr einen Raum weiter in eine überschaubare kleine Küche.

»Die dritte Tasse in dieser Woche«, seufzt sie, lächelt gequält und schüttet die Scherben in den Müll.

»Ist sie die Mutter deiner Mutter?«, bringe ich meine Vermutung an.

»Ja.«

»Und deine Mutter hieß Elisabeth?«

»Gut kombiniert.«

»Ist anständig von deinem Vater, sie hier mit ins Haus zu nehmen«, rede ich, bevor ich darüber nachgedacht habe.

»Das ist wohl das mindeste«, antwortet sie.

Es liegt eine Schwere in der Luft, die mich niedergeschlagen fühlen lässt. Emilia lehnt an einer Anrichte, starrt vor sich hin. Unentschlossen bleibe ich mit ihr stehen. Auch in diesem Raum höre ich die Uhr ticken. Beständig. Wiederkehrend. Unaufhaltsam.

»Ist Julius tatsächlich so lange nicht mehr hier gewesen?«

Kopfschütteln. »Ich habe allerdings aufgegeben, darüber mit ihm zu sprechen.«

Mir bleibt nur, ein mitleidiges Gesicht zu machen. Familiäre Angelegenheiten. Ich bin froh, dass meine so überschaubar sind. Emilia zuckt mit den Schultern und bedeutet mir, ihr wieder ins Wohnzimmer zu folgen. Daniel und Oma Weidering schauen beide in unbestimmte Richtungen. Während ich mich wieder zu meinem Platz begebe und Emilia eine neue Tasse bereitstellt, fallen mir die Bilder an der Wand hinter meinem Sessel ins Auge. Oha. Eine ganze Bilderwand, die zum größten Teil ein und dieselbe Person zeigt. Elisabeth Weidering, eindeutig. In jedem Alter, in jeder Situation. Als Kind auf einer Blumenwiese, als Teenager beim Tennis, als junge Frau im Hochzeitskleid.

»Hübsch, nicht wahr?«, höre ich Oma Weidering sagen.

»Ja«, stimme ich höflich zu und setze mich wieder.

»Meine Elisabeth war eine wunderbare Frau. Und so begabt.«

Zum ersten Mal sehe ich die alte Dame lachen.

»Darf ich fragen, was sie so gemacht hat?« Oma Weidering strahlt so, dass ich ungern wieder das Thema wechseln möchte.

»Sie war Schauspielerin«, antwortet sie mit großen Augen und völlig begeistert.

»Ach, dann hat sie ja einiges mit ihrer Tochter gemein«, sage ich und schaue zu eben jener. Diese lächelt matt.

»Das ist allerdings auch genau das, woran sie kaputt gegangen ist«, sagt sie dann. *Verflixt.* »Dein Vater hat sie kaputt gemacht«, donnert Oma Weidering und ich erschrecke angesichts der Garstigkeit in ihrer Stimme. Auch Daniel zuckt zusammen, wie

101

erwacht aus tiefem Schlaf. Bin ich eigentlich die Königin im Fettnäpfchenweitsprung? Die bereits trübe Stimmung ist ins Finstere gestürzt.

»Oma ...«, mahnt Emilia, doch ihre Großmutter fängt gerade erst an:»Er hat sie nie verstanden! Er hat ihr sein Leben aufgedrückt und dabei übersehen, dass das nicht die Erfüllung für sie war. Sie war eine Künstlerin! Sie musste raus! Er hat sie mit seinem Egoismus ins Grab gebracht.« Die Worte hallen nach und verenden dann im beständigen Tick Tack der nimmermüden Uhr. Erst nach einer gefühlten Ewigkeit antwortet Emilia leise und beklemmend:»Ich weiß.«

Die Haustür knallt ins Schloss.»Das ist bestimmt Julius«, sagt Emilia zu mir und steht sofort auf, geht zur Tür und schaut hin aus. Wir können hören, dass sie irgendetwas sagt und auch irgendetwas zurückgesagt wird. Dann kommt sie wieder herein und schaut mich an:»Du sollst bitte rauf kommen.« Das lasse ich mir nicht zwei Mal sagen. Schnell bedanke ich mich für den Tee und trete an Emilia vorbei hinaus auf den Flur.

Ich bin froh, aus dieser Situation herauszukommen. Andererseits fühle ich mich auch irgendwie ... schlecht. Schwierig zu erklären. Vielleicht, weil ich dieses bittere Thema angesprochen habe, vielleicht ein Stück weit aber auch, weil es so einfach für mich ist, die Tür hinter mir zu zumachen und zu gehen. Ich kann einfach weglaufen. Im Treppenhaus komme ich wieder an der hier platzierten Fotogalerie vorbei. Ich bleibe kurz stehen und stelle schnell fest, dass hier nicht ein einziges Bild von Elisabeth Weidering hängt. Hier ist das Bild mit Oma Weidering als Baby, aber es hat einen anderen Rahmen als die übrigen Bilder. Braun statt schwarz. Ich wette, es wurde nachträglich hinzugehängt. Als ich Julis und Emilias Wohnzimmer betrete, steht Julius vor dem Fernseher. »Na, wie war es mit der Alten?«

Der Satz knallt mir entgegen wie eine Ohrfeige. Einen Augenblick bin ich baff angesichts seiner herzlosen Wortwahl. »Ich glaube, es ist nicht ganz leicht für deine Schwester.«

Julius zuckt mit den Schultern und zieht mich in seine Arme: »Ich habe heute keine Lust, darüber nachzudenken.«

Ich glaube, darauf hat er nie Lust. Das ist auch nichts, worauf man Lust haben kann – man muss es aber einfach ab und an. Aber soll ausgerechnet ich ihm dazu jetzt eine Predigt halten? Ich traue mich nicht. »Wo bist du denn gewesen?«

»Bei ein paar Kumpels. Die haben mir Filme empfohlen. Lust auf einen Abend auf der Couch? Ich hätte auch ein Fläschchen Wein ...«

Ich zucke mit den Schultern: »Na gut.«

Wir machen es uns vor dem Breitbildfernseher hier im Wohnzimmer gemütlich. Laut Julius hat er das bessere Soundsystem als der Fernseher in seinem Zimmer. Das kann schon sein. Die Anlage in diesem Raum gibt zumindest alles, was ein Heimkino so geben kann. Julius hat sich zunächst für einen Actionfilm entschieden und alle paar Minuten habe ich den Eindruck, dass neben oder hinter mir etwas explodiert. Ständig knallt es aus den Ecken. Irgendwann mitten im Film kommen Emilia und Daniel die Treppe herauf und ohne uns eines Blickes zu würdigen, verschwinden sie in ihrem Zimmer. Ihren Gesichtern nach zu urteilen, fühlen sie sich ähnlich schlecht wie ich vorhin. Doch bevor ich weiter darüber nachsinnen kann, fliegt ein brennendes Auto durch das Bild. Julius quietscht vergnügt und mir wird klar, wie sehr mich der Film nervt. Mein Handy blinkt. Es ist meine

Schwester: »Tinka, gute Neuigkeiten! Nächstes Wochenende sind Mama und Papa weg. Sie müssen zu irgendeiner Taufe. Ich will das ausnutzen und bei Tobi schlafen. Kann ich auf dich zählen?« Lea kann auch nerven. Als würde sie nicht oft genug mit Tobi zusammen sein. Was das Übernachten angeht, hat mein Vater aber immer streng darüber gewacht, dass es nicht zu oft geschieht. Keine Ahnung, was er sich davon verspricht. Als würden Lea und Tobi nicht auch so genug Zeit finden, Dinge zu machen, die mein Vater durch seine Verbote unterbinden will.

»Mach was du willst«, texte ich ihr zurück und lege das Handy weg. Endlich ist der Film vorüber. Vor Langeweile habe ich viel zu schnell zu viel vom Wein getrunken und merke, wie er mir zu Kopf steigt. Julius strahlt wie ein kleines Kind: »War das ein geiler Film, Hammer! Können wir jetzt den Zombiefilm schauen?«

»Was?«

»Der soll so gut sein.«

»Ich weiß nicht...«

»Wenn du Angst hast, beschütze ich dich, keine Sorge.«

»Ich habe keine Angst vor Zombies.«

»Na dann ist ja alles klar.«

»Ich geh nur noch einmal schnell zur Toilette...«, sage ich und stehe auf. Julius war so in seinem Film drin, dass wir heute gar nicht viel geknutscht haben. Nicht, dass ich es sonderlich vermissen würde. Aber ich habe fast das Gefühl, ich würde mit Milan einen Filmabend machen, so unbeeindruckt voneinander sitzen wir da auf dem Sofa. Als ich das Bad wieder verlasse, treffe ich auf das Pärchen des Hauses. Sie stehen vor Emilias Zimmertür, dicht beieinander und murmeln leise. Ich schlüpfe unauffällig an ihnen vorbei. Vom Sofa aus kann ich die beiden noch aus dem Augenwinkel beobachten. Daniel hat die Hände an ihren Hüften und labert die ganze Zeit irgendetwas, während sie ihn gar nicht anschaut, sondern bloß zur Treppe sieht. Dann schüttelt sie den Kopf und gerade, als ich denke, dass die beiden wohl ein wenig Ärger haben, küssen sie sich. Ich glaube, mir wird schlecht.

»Ich habe Chips«, sagt Julius und zieht welche aus einer Schublade hervor. Er setzt sich wieder zu mir, öffnet die Tüte und nimmt einen Chip halb in den Mund. Mit diesem kommt er immer näher und ich verstehe. Er will, dass ich die andere Hälfte nehme und es so zum Kuss kommt. So etwas Kindisches. Ich kann noch sehen, wie Daniel die Treppe herunter verschwindet, dann habe ich die Augen geschlossen und beiße Julius Kartoffelchip ab. Er rutscht sofort mit seiner Zunge nach und übertreibt diesen Kuss vollkommen, so dass ich leicht überfordert wieder die Augen öffne. Emilia schaut her. Scheinbar genauso erschrocken wie ich darüber, dass sich unsere Blicke treffen, stürzt sie in ihr Zimmer und schließt die Tür etwas zu laut. Sofort lässt Julius ab und dreht sich zu ihrem Zimmer um.

»Spinnt die?« Er scheint aufstehen zu wollen.

»Lass sie, ich glaube, sie hatte gerade Ärger mit Daniel.«

»Das ist doch nichts Neues.«

»Nein?«

»Nein, wundert mich auch nicht! Nur auf Krawall aus, diese Frau.«

»Das hätte ich eher andersherum getippt.«

»Scheiß auf die.« Er greift zur Fernbedienung und drückt auf Play.

105

Warum frage ich mich, ob alles nicht zu schnell geht, wenn es bereits zu spät ist? Ich hätte hundert Mal an diesem Abend einleiten können, nach Hause zu gehen. Stattdessen bin ich geblieben, und jetzt ist es mitten in der Nacht. Ich liege auf Julius Bett, am äußersten Rand, zur Tür schauend und kann nicht anders, als mich angespannt zu fühlen. Juli selbst klickt noch auf seinem Laptop herum, dreht sich aber jetzt zu mir.

»Du bist doch wohl nicht müde?« Er setzt sich hinter mich aufs Bett. Seine Hand streift meinen Rücken.

»Doch.«

»Ach was – mich hat der Horrorfilm eher aufgeweckt. Ich bin noch ganz hibbelig. Vielleicht solltest du mich beruhigen ... «

Starke Arme drehen mich auf den Rücken. Dann küsst er mich, man kann es leidenschaftlich nennen, aber gerade empfinde ich es eher als aufdringlich. »Du bist eine ganz besondere Frau, Tinka...«, seufzt er mir ins Ohr, während seine Hände über meinen Körper gleiten. Ich verkrampfe augenblicklich.

»Wie vielen hast du das schon gesagt?«

Er unterbricht sich und schaut mich fragend an. Vielleicht war ich etwas schroff, aber wer hat ihm erlaubt, so über mich herzufallen? »Du denkst, das hätte ich schon vielen gesagt, um sie ins Bett zu kriegen, was?«

»Man hört so einiges.« Er lacht.

»Tinka! Es wäre eine Lüge, würde ich behaupten, dass ich nie aktiv versucht habe, Mädels ins Bett zu kriegen – aber zu so kitschigen Mitteln greife ich dann doch nicht.«

Ach, ich weiß es nicht. Vielleicht mag er mich ja wirklich sehr, vielleicht ist er ja ein bisschen verliebt? Zu mir ist er anders

106

als zu Nicole, hat Emilia gesagt. Und selbst, wenn er es nicht ist. Das hier ist meine Chance. Mir war klar, dass der Weg, den ich eingeschlagen habe, unweigerlich dazu führen würde. Der Gedanke wird begleitet von einem mulmigen Gefühl, aber er sitzt fest in meinem Kopf und augenblicklich höre ich nichts anderes mehr als ihn: Nun ist der Moment gekommen, in dem ich die Grenze der Jungfräulichkeit überschreiten könnte. Ich bin längst so weit. Eigentlich hinke ich sogar gewaltig hinterher. Sowohl meine kleine Schwester als auch mein bekloppter Freund Milan haben diese Grenze schon lange überschritten. Nur ich nicht!

»Grübele nicht so viel, küss mich lieber ...«, übernimmt Juli wieder das Ruder.

Alles klar. Ich küsse zurück. Es ist eine unkoordinierte Fummelei. Ich gebe mein Bestes, seine Berührungen zu erwidern, bin aber äußerst unsicher, ob das so richtig ist. In meinem bisherigen Leben bin ich derartigen Begegnungen immer erfolgreich ausgewichen. Da ich nie einen festen Freund hatte, kam es eh nur durch komische, meist alkoholbeschwerte Partys zu solchen Szenen. Bevor es richtig zur Sache gehen konnte, habe ich immer abgebrochen. Und so richtig bereut habe ich das auch nie ... Trotzdem schäme ich mich für meine Unerfahrenheit. Aber wieso sollte ich mit jemandem intim werden, wenn mir nicht danach ist. Warum sollte ich ihm den Gefallen tun?

Jetzt werkelt er an meiner Hose rum. Völlig übereifrig, wild entschlossen. Er zieht sie hinunter. Auch an seiner Hose kann ich den Ernst der Lage erkennen. Mein Herz klopft bis zum Anschlag. Vor Erregung? Es fühlt sich eher an, als würde mir gleich die Luft wegbleiben. Während er mit seinen Fingern nun

107

schon geheimste Bereiche abtastet, schaue ich zur Decke hoch, angestrengt suchend nach irgendeinem positiven Empfinden, das mich ermutigen könnte weiterzumachen. Es kommt nicht. Die Decke ist weiß. Weiß und farblos und kalt, so wie ich. Ich bin gefühllos. Was mache ich nur. Je eher ich es unterbinde, desto besser. Aber tue ich es nicht, bleibe ich ein unerfahrenes kleines Mädchen. Sollte das erste Mal nicht irgendwie schön sein? Sollte es nicht ungezwungen und frei von Druck geschehen? Bin ich denn so verzweifelt, es auf Biegen und Brechen tun zu müssen, auch wenn mir gerade gar nicht danach ist?

»Halt ...«, sage ich zunächst leise, doch er ist noch zu Gange, also wiederhole ich mich lauter und stemme auch meinen Arm gegen ihn. »Hör auf.«

Verdutzt schaut er mich an: »Was ist denn?«

»Ich kann das nicht.«

»Wieso nicht?«

»Ich bin nicht entspannt.«

»Ach, das kommt noch.«

»Nein.«

Er schaut mich an. Enttäuscht. Vielleicht sogar etwas erbost? »Mach dich mal locker, Tinka. Du bist doch sonst nicht so!«

»Was weißt du schon, wie ich sonst so bin?« Manchmal bin ich doch zu impulsiv. Schon habe ich wieder meine Krallen ausgefahren, dabei weiß ich doch, dass er nur wenig dafür kann, dass ich mir selbst im Weg stehe.

»Was bist du für eine Zicke?!«

Oh. Vielleicht hat er doch den rauen Ton verdient. »Und was bist du so schwanzgesteuert!«

»Sag mal, willst du mich verarschen? Knutschst wild mit mir

108

auf irgendeiner Party und machst jetzt hier so einen Aufstand!«

»Nur weil ich einmal betrunken mit dir rumgeknutscht habe, heißt das nicht, dass ich unbedingt mit dir in die Kiste will!«

»Ja, deswegen habe ich dich auch ganz sittlich vorher getroffen! Bin ich aufdringlich geworden? Ich denke nicht!«

»Ach so, du hast mich also nur getroffen, um den Sex schon einmal vorzubereiten, ich verstehe!«

»Du tickst ja nicht richtig!«

Wütend stehe ich auf und ziehe mein auf dem Boden liegendes Oberteil wieder über. Julius sitzt noch auf dem Bett und schaut mir verstört zu. »Was willst du jetzt machen? Abhauen?«, sagt er dann, wieder etwas ruhiger. Ich bin nicht gewillt, ein Gespräch zu führen.

»Was soll ich denn noch hier?«, bringe ich in leicht schnippischen Ton hervor.

»Ja, hast Recht.« Jetzt springt auch er auf und schnappt sich meine Tasche. Er pfeffert sie mir entgegen mit den Worten: »Ich habe eh keine Lust auf so ein verklemmtes Mauerblümchen.«

So jetzt reicht es. »Und ich habe keine Lust auf einen arroganten kleinen Schnösel wie dich! Sitzt den ganzen Tag fröhlich in deinem von Daddy gesponserten Luxushaus und schleppst ab und an kleine Mädchen ab, die noch nicht gecheckt haben, was für ein selbstverliebter Verlierer du bist! Du hast keinen Job, keine Hobbys, trägst keinerlei Verantwortung. Du bist so egoistisch, du lässt deine Schwester komplett allein mit der Betreuung deiner Oma – und diese wünscht sich nichts mehr, als einmal von ihrem Enkel besucht zu werden. Julius Weidering, du bist erbärmlich.« Tief durchatmen, Tinka. Das war ein absoluter Rundumschlag und Julius starrt mich mit weit aufgerissenen

109

Augen an. Als hätte er mir das nie zugetraut. Oder so, als sähe er mich in diesem Moment zum ersten Mal wirklich. Nach zähen Sekunden, in denen wir uns nur anstarren in einem Zustand erdrückender Wut, öffnet er schließlich wieder den Mund und knurrt:»Raus.«

»Nichts lieber als das.«

Ich stürze aus seinem Zimmer hinaus, nicht ohne noch einmal schön die Tür zu knallen, und rase die Treppenstufen hinunter. Bloß weg hier! Mein hitziger Kopf, der immer noch pocht vor Ärger und fiesen Worten, die ich ihm noch hätte sagen sollen, und bestimmt auch befeuert vom Wein, kühlt abrupt ab, als ich in die kalte Nachtluft trete. Die Tür fällt ins Schloss. Dann höre ich ein Geräusch, als würde jemand den Schlüssel rumdrehen. Julius schließt tatsächlich ab. Als würde ich versuchen, wieder einzubrechen. So ein Idiot! Aber es ist sein gutes Recht, mich rauszuschmeißen. Ich habe es auch nicht anders gewollt. Was bleibt mir jetzt zu tun? Der Bus fährt hier nicht mehr um diese Uhrzeit. Ich habe kein Geld für ein Taxi. Es ist wahrlich eine ganz bittere Pille: Ich werde Papa anrufen müssen. Er wird sich aufregen. Tierisch aufregen. Aber gut, lieber bekomme ich eine elterliche Standpauke, als hier zu erfrieren. Meine Tasche ist blöd, sie ist einfach zu tief, um schnell etwas darin zu finden. Genervt durchwühle ich sie auf der Suche nach meinem Handy – doch mehr und mehr überkommt mich das ungute Gefühl, dass es gar nicht darin ist. Wo hatte ich es zuletzt? In Weiderings Wohnzimmer. *Oh nein.* Noch einmal kremple ich meine Tasche um, von unten bis oben durchkämme ich sie – aber es ist nicht hier. Mein Handy muss noch in dem Haus sein.

Verzweifelt schaue ich zur verschlossenen Tür, wo sich der

110

Kranz fröhlich im Wind wiegt. Das ist ja wohl nicht wahr! Den Weg nach Hause zu laufen, kommt überhaupt nicht in Frage. Erst einmal würde es sicher eine Stunde dauern, zweitens käme ich durch die Gegenden, vor denen alle Eltern ihre Töchter warnen. Allerdings kann ich mir nichts Schrecklicheres vorstellen, als jetzt bei den Weiderings zu klingeln. Das wäre einfach erniedrigend. Zumindest wenn Julius öffnen würde. Aber habe ich nicht noch eine Verbündete im Haus? Ich gehe vorbei am schwarzen Mercedes, der vor der Garage steht, und schleiche mich zum Gartentor. Es ist bloß hüfthoch und ich frage mich, ob die Weiderings irgendeine nicht gleich sichtbare Art von Sicherung installiert haben. So ein Haus muss man doch gegen Einbrecher schützen. Vielleicht ist der Weg in den Garten aber tatsächlich so einfach. Einen Hund haben sie nicht, den hätte ich schon bemerkt. Vom Rumstehen wird mir auf jeden Fall nicht wärmer, also klettere ich über das Törchen und befinde mich nach zwei weiteren Schritten im Garten der Weiderings. Ich stehe rechts von der Veranda, die von der nächtlichen Beleuchtung angestrahlt wird. Die gläsernen Terrassentüren sind mit Jalousien verschlossen. Gut, so kann mich von drinnen keiner sehen. Oberhalb der Veranda ragt der Balkon von Emilia hervor. Vom Rand des kleinen zugefrorenen Teichs schnappe ich mir ein paar Kieselsteine und schmunzle darüber, dass ich tatsächlich diesen altmodischen Trick, Steinchen gegen das Fenster zu werfen, anwenden muss. Mein erster Wurf geht gleich daneben und trifft bloß einen Blumentopf. Der Zweite hingegen prallt mit einem leicht klirrenden Geräusch gegen die Glastür, hinter der sich Emilias Zimmer befindet. Diesen Wurf wiederhole ich zweimal. Jetzt erscheint ein Gesicht hinter dem Glas und schaut

111

verwirrt nach draußen. Ich werfe noch ein Steinchen. Sie sieht mich, öffnet die Tür und tritt auf den Balkon hinaus:»Tinka?!«

Ich räuspere mich:»Was schimmert durch das Fenster dort? Es ist der Ost, und Julia die Sonne.« Die Szene ist so skurril, dass ich einfach nicht anders kann, als meinen jüngst gelernten Romeo-Text zu zitieren.

Nicht weniger verwundert, aber belustigt stimmt sie mit ein:»Wie kamst du her? Oh, sag mir und warum? Die Gartenmauer ist hoch, schwer zu erklimmen.«

Kichernd schüttle ich den Kopf:»Der Liebe leichte Schwingen trugen mich, kein steinern Bollwerk kann der Liebe wehren ... Nein. Im Ernst: Dein Bruder hat mich rausgeschmissen.«

»Was hat er?!«

»Wir hatten Streit. Auf jeden Fall muss ich mein Handy bei euch vergessen haben. Kannst du nachschauen, ob es noch vor dem Fernseher liegt?«

Sie verschwindet im Haus und ich warte im Garten. Es ist wirklich, wirklich kalt. Wie mies von ihm, mich alleine in Dunkelheit und Kälte zu entlassen. Ich glaube, meine Hände sterben gerade ab. Was mache ich, wenn Emilia mein Handy nicht findet? Vielleicht habe ich es auch mit ins Bad genommen? Ich weiß es nicht mehr. Neben mir ragt ein Gitter in die Höhe. Im Sommer ranken sich daran wohl die Blumen hoch. Theoretisch lädt es ein, an ihm hochzusteigen. Mit einem leichten Ziehen teste ich, wie fest es an der Wand sitzt. Wackelt nicht. Probieren geht über studieren. Ich stelle den Fuß auf die erste Sprosse und stütze mich auf. Es hält. Ehe Emilia wieder zurück ist, habe ich ihren Balkon erklommen. Gerade als ich über das Geländer steige, kommt Emilia wieder hinaus und fährt vor Schreck zusam-

112

men. »Wenn mein Vater dich sieht, rastet er aus!«, schimpft sie und wirkt dabei trotzdem etwas beeindruckt.

»Ach, ähm – deine Augen droh'n mir mehr Gefahr als zwanzig ihrer Schwerter...«, ich zwinkere ihr zu.

»Es ist unglaublich, wie schnell du deinen Text gelernt hast, Romeo.«

»Ich bin auch überrascht«, sage ich und beklatsche mich innerlich selbst. Wie fasziniert sie mich anschaut. Ungern unterbreche ich sie dabei, aber es drängt nun einmal: »Was ist jetzt mit dem Handy?«

»Ach ja – es ist nicht da. Oder ich habe nicht richtig geguckt. Vielleicht ist es auch unter das Sofa gefallen?« Erschöpft seufze ich.

»Naja. Wenn du nun eh schon hier stehst – komm doch rein.«

Und so entere ich wieder das Haus der Weiderings. Ich greife nach ihrem Schreibtischstuhl und schiebe ihn vor die Heizung. »Ich muss mich eben aufwärmen ...«

»Tu dir keinen Zwang an.« Sie setzt sich auf ihr Bett und ich kann ihren Blick auf mir spüren. »Jetzt erzähl mir bitte, worüber ihr euch so heftig streiten konntet?«

Ich würde lieber nicht darüber reden, aber wahrscheinlich bin ich ihr das schuldig. »Ich wollte schlafen. Er wollte etwas anderes.« Ihr Gesicht verrät Besorgnis.

»Ist er aufdringlich geworden?«

»Das würde ich so nicht sagen. Aber er hat auch kein Verständnis für mein Nein gezeigt.«

»Und dann hat er dich einfach vor die Tür gesetzt?«

»Vorher habe ich ihm die Meinung gesagt. Ziemlich deutlich.«

113

»OK ...«

Unsicher schweift mein Blick durch ihr ordentliches Zimmer. Schon fühle ich mich fast ein bisschen schlecht, ihn so angefahren zu haben. Es stimmt zwar alles, was ich gesagt habe, aber gleichzeitig komme ich mir so zimperlich vor. Bin ich nicht wirklich ein Mauerblümchen?

»Julius kennt einfach kein Nein. Ich bin froh, dass du ihn nicht hast machen lassen«, sagt Emilia und schaut ausweichend zu Boden, als ich zu ihr sehe. Prompt fühle auch ich mich unbehaglich und frage, ob ich noch einmal nach meinem Handy schauen könnte. Sie bejaht.

Leise folge ich ihr zurück ins Wohnzimmer. Ohne Worte zu wechseln schauen wir nach dem Handy, drehen Kissen um, gucken unter das Sofa. Außer Chipskrümeln habe ich hier nichts hinterlassen. Also schaue ich noch einmal ins Bad, nur um auch hier enttäuscht zu werden. Nichts. Emilia steht mit verschränkten Armen auf dem Flur.

»Dann kann es ja nur bei Julius liegen«, flüstere ich ihr zu. »Soll ich nachsehen?«

Ich stelle mir vor, wie Julius immer noch aufgebracht und mich verfluchend durch sein Zimmer tigert. »Ich fürchte, er könnte dich zerfleischen«, verleihe ich meinen Gedanken Stimme. Einen Sekundenbruchteil später bewegt sich Julius Türklinke und schnellt wieder hoch.

»In mein Zimmer!«, zischt Emilia mir zu und ich tue, was sie sagt. Gerade als ich hinter ihrer Tür verschwinde, höre ich Julius Tür endgültig aufschwingen.

»Was schleichst du hier so durchs Haus?«, dröhnt seine Stimme.

»Ich war bloß zur Toilette.«

»Und dabei führst du Selbstgespräche?«

»Nein.«

»Ich habe eindeutig jemanden reden gehört.«

»Das würde mir zu denken geben, Juli. Vielleicht fängst du an, Stimmen zu hören.«

»Verarsch mich nicht. Der Abend war schon scheiße genug.« Er klingt genau so wütend, wie ich ihn mir eben vorgestellt habe. Emilia seufzt: »Ich habe auf jeden Fall mit niemandem gesprochen. Wenn ich mit mir selbst geredet haben sollte, dann habe ich es nicht gemerkt.«

»Genau das würde mir zu denken geben, Schwesterchen. Bei Mutter hat es auch mit den Selbstgesprächen begonnen.« Die Tür fällt ins Schloss.

»Tut mir leid mit deinem Handy«, sagt Emilia, als sie neben mir ins Zimmer tritt und die Türe schließt.

»Macht doch nichts. Ich hätte es einfach nicht vergessen sollen.«

»In Julis Zimmer kommen wir jedenfalls erst einmal nicht.«

Schweigend stehen wir da, schauen auf den Boden und treten von einem Bein auf das andere.

»Kann ich euer Telefon benutzen?«

»Was willst du tun?«

»Zu Hause anrufen.«

»Es ist zwei Uhr nachts.«

Mir entfährt ein gequältes Stöhnen. Was für eine Scheiße.

»Du kannst hier bleiben«, sagt Emilia. »Dann gucken wir nach dem Handy noch einmal bei Tageslicht.«

115

Ist das unangenehm. Aber vielleicht nicht mehr, als das, was mir blühen würde, wenn ich jetzt meine Eltern wecke. »Also du meinst, ich kann hier übernachten? Das macht keine Umstände?« »Wir stellen einfach den Wecker auf eine frühe Uhrzeit ein. Dann kannst du morgen verschwinden, bevor Juli überhaupt aufwacht.«

Der Abend ist stündlich seltsamer geworden. Binnen kürzester Zeit habe ich Julis Bett gegen das seiner Schwester eingetauscht. Allerdings liege ich hier ganz anders als vorhin. Ich bin eingepackt in eine Decke, nicht halb ausgezogen, sondern eingehüllt in einen Schlafdress, den sie mir gegeben hat, und innerlich wie äußerlich fühle ich mich fernab jeder Anspannung. Emilia kommt aus dem Bad zurück, ebenso bettfertig und kurz wird mir etwas schummerig. Wie seltsam! Wie unglaublich seltsam, hier unverhoffterweise in ihrem Bett zu liegen und zuzusehen, wie sie sich neben mich legt. Es ist so unwirklich. In mir flattert alles. Verflixter Wein. Ich drehe mich mit dem Rücken zu ihr.

»Dann schlaf gut«, sagt sie leise und knipst das Licht aus.

»Du auch... Und Danke.«

»Kein Grund zu danken.«

»Doch. Er ist immerhin dein Bruder. Aber du bist so lieb zu mir.« Ist sie wirklich. Ein dankbares, warmes Gefühl breitet sich in meiner Brust aus.

Sie antwortet nicht.

»Ich habe dich noch gar nicht gefragt, warum du überhaupt noch wach warst...«, murmele ich in die Dunkelheit. Mir wird jetzt erst klar, wie unhöflich ich bin, wie überrumpelt sie sich vorkommen muss und wie selbstverständlich ich ihre Nettigkeit in Anspruch nehme.

»Ich konnte nicht einschlafen«, erklingt es leise.

»Hattest du Streit mit Daniel?«

»Eigentlich nicht.«

»Und uneigentlich?«

Es dauert ein wenig, bis sie antwortet, und kurz habe ich Sorge, dass sie bereits eingeschlafen ist. »Ich habe im Moment vieles mit mir selbst zu klären und Daniel muss darunter leiden.«

»Ach, das kenne ich. Also, vieles mit sich selbst klären zu müssen.«

Keine Antwort. Dabei bin ich gerade so in Redelaune. »Mir war übrigens sehr unangenehm, wie ich das Teetrinken bei deiner Oma versaut habe«, sage ich also.

»Da kannst du nichts für«, antwortet sie.

»Ich habe einfach kein Gespür für Situationen.«

»Das sind Situationen, für die kann man kein Gespür haben.«

»Ich tippe mal, Julius besucht eure Oma nicht, weil sie einen Groll gegen euren Vater hegt?« Ich rede sicherlich zu viel. Dennoch antwortet sie brav: »Er kann damit nicht umgehen. Wer kann es ihm verdenken.«

»Aber er kann sie doch mal besuchen.«

»Er zieht es eben vor, lieber wegzulaufen. Ich glaube, er kann Mama nicht verzeihen. Deswegen will er nicht mit ihr konfrontiert werden.«

Kann ich sogar nachvollziehen. Ich weiß nicht, wie es mir in der Situation ginge. Ich finde es ja schon schwierig, obwohl es mich nicht betrifft. Eine Frage brennt mir dabei noch auf der Seele. »Darf ich fragen... wie das passiert ist?« Dünnes Eis, ich weiß.

»Wie unsere Mutter gestorben ist?«

»Ja?« Ich spüre Bewegung auf der Bettseite neben mir.

»Sie hat Tabletten geschluckt, kombiniert mit einer Flasche Whiskey. Als ich aus der Schule kam, habe ich sie in ihrem Zimmer gefunden.«

Vor mir sehe ich die kleine Emilia in einer Tür stehen, ihre tote Mutter vor ihr auf dem Boden liegend. Das ist...»Das ist schrecklich«, flüstere ich tonlos.

Keine Antwort.

War das hier? In diesem Haus? Ich will gar keine Fragen mehr stellen. Die Finsternis im Zimmer und die über dem Haus liegende Stille tun ihr Übriges, um in mir ein schauriges Gefühl zu wecken.

»Tinka?«

»Ja?«

Ich höre sie schwer ausatmen. »Was denkst du von mir?«

Was ist denn das jetzt für eine Frage?

»Ich weiß, das klingt jetzt total blöd und eigentlich kannst du mir auch nicht unbefangen antworten, weil du hier in meinem Bett liegst, aber ich weiß einfach nicht, was du von mir hältst.«

»Ich weiß nicht recht, was ich dazu sagen soll«, gebe ich ehrlich zu. Vor allem jetzt gerade nicht, wo ich mir eben noch vorgestellt habe, wie sie ihre tote Mutter aufgefunden hat.

»Einfach bloß, was du über mich denkst. Jetzt. In diesem Moment.«

Ich hole Luft. »Naja. Du bist... meine Schülersprecherin... Und sehr engagiert...«

»Das weiß ich selbst. Das weiß jeder. Was ist da noch?«

»Ich kenne dich kaum.«

118

Ein schweres Seufzen.»Stimmt.«

In meinem Kopf rattern alle anderen Antworten, die ich hätte geben können, die ich aber nicht zu formulieren weiß. Sie ist nun einmal längst nicht mehr das, was ich vorher zu ihr gesagt hätte. Streber. Püppchen. Nichts dergleichen. Sie ist ein dunkelbuntes Bild, das sich gerade neu zusammensetzt. Schön anzusehen. Voller Potential. Aber zugleich so ... so ... beklemmend. Besser ist, es nicht auszusprechen. Sie würde mich für verrückt halten, wenn sie die positiven Wörter hört, und es würde sie traurig machen, hört sie die negativen. Dabei meine ich es nicht einmal negativ. Hier reiht sich Licht an Schatten. So liege ich noch lange da, nachsinnend, nachfühlend, vollgestopft mit den Eindrücken und Informationen des Abends und langsam, ganz langsam, gleite ich hinüber in einen unruhigen Schlaf.

Der Wecker klingelt wirklich sehr früh. Zunächst erschrecke ich mich über die ungewohnte Umgebung, doch dann kehrt die Erinnerung zurück. Das grelle Licht des neuen Tages strahlt mir unsanft in die Augen. Mein Handy. Ich brauche es jetzt unbedingt zurück. Emilia steht ebenso schnell auf wie ich und stellt sich mit mir vor Julius Tür.»Ich mache das schon«, flüstert sie mir zu. Leise wie ein Mäuschen öffnet sie die Tür und schleicht sich ins Zimmer hinein. Es dauert keine Minute, da kommt sie wieder heraus und hält in der Hand mein schmerzlich vermisstes Smartphone.

»Du bist ein Schatz, Lili!«, entfährt es mir, als ich es wieder in die Hände schließen kann.

»Das ist das erste Mal, dass du Lili zu mir sagst«, stellt sie richtig fest.

»Ist mir bisher nicht eingefallen.« Aber warum eigentlich

119

nicht? Lili klingt viel unbeschwerter und fröhlicher als Emilia.

»Es klingt gut, wie du es aussprichst«, sagt sie lächelnd.

Obwohl es so früh am Morgen ist, ihre Haare noch verwuschelt und ungezähmt in alle Richtungen stehen und obwohl ich sie auch erstmals gänzlich ungeschminkt zu sehen bekomme, macht sie dieses Lächeln wahnsinnig hübsch. Beneidenswert.

»Dann werde ich dich von nun an öfter so nennen.«

Unmittelbar nach der Wiedergewinnung meines Handys habe ich mich auf den Weg nach Hause gemacht. Unterwegs noch rufe ich Milan an, schließlich muss ich jemandem von diesem verrückten Abend erzählen und auch noch einmal meine Wut über Julius zum Ausdruck bringen.

»Echt, der ist so ausgerastet der Typ?« Milan kann es kaum glauben.

»Ja, ich sage es dir, er hat überhaupt kein Verständnis gezeigt. Aber ich hatte auch keine Lust mehr, weiter darüber zu reden.«

»Dann ist es also jetzt vorbei mit dir und dem Weidering?«

So drastisch habe ich das noch gar nicht betrachtet. »Wenn du mich so fragst – ja. Was soll ich jetzt noch mit ihm? Es gibt Bessere.«

»Auf jeden Fall.«

Es ist fast wie eine Befreiung. Ja. Warum betrachte ich es nicht einfach positiv? Vielleicht sollte ich ihm dankbar sein, mich bedrängt zu haben, denn jetzt kann ich endlich wieder mein datingfreies Leben genießen und muss mir nicht einmal eine Entschuldigung ausdenken, wieso es so gekommen ist. Dieses neue Gefühl trage ich noch bis in den nächsten Schultag mit hinein. Es ist, als wäre ein innerlicher Druck plötzlich von mir abgefallen.

120

Endlich muss ich mich nicht mehr um das nächste Treffen bemühen, nicht mehr in meinem Kopf alle Situationen durchspielen, nicht mehr jemanden zwangsläufig so nah an mich heranlassen. Das Einzige, was mich etwas traurig macht, ist die Tatsache, dass auch dieser Versuch, der Liebe näher zu kommen, kläglich gescheitert ist. Dass ich immer noch Jungfrau bin. Dass ich wohl immer partnerlos bleiben werde, weil ich spätestens dann zu mache, wenn man intim werden sollte. Aber wenigstens habe ich mich nicht zu irgendetwas gezwungen.

»Du und ich, Tinka, wir sind nun einmal Singles aus Überzeugung«, sagt Milan in einer weiteren, langweiligen Biologiestunde zu mir.

»Das ist Quatsch, Milan, denn ich weiß genau, dass du jeden Abend wegen Jessica in dein Kissen heulst.«

Dafür kassiere ich einen schlecht gekritzelten Smiley auf meinem Aufgabenblatt. Milan stützt seinen Kopf mit der Hand und stößt einen tiefen, leidenden Seufzer aus. Im Gegensatz zu mir hat Milan das Problem, dass er völlig verliebt ist in seine Jessica. Natürlich tut es ihm weh, dass es nicht vorangeht. Ich dagegen kann mich eigentlich nur bedanken. Ohne dass ich etwas Blödes tun musste, hat sich die Sache zerschlagen und ich kann allen mit Recht erzählen, dass Julius es verbockt hat. Ich habe auch nichts mehr von ihm gehört, kein einziges Wort der Entschuldigung. Von meinem eh versauten Aufgabenblatt reiße ich ein kleines Stück Papier ab und schreibe darauf: »Hi Lili ;) Hat Julius noch irgendetwas gesagt?« Ich reiche das Zettelchen unauffällig eine Reihe nach vorne.

Fünf Minuten später bekomme ich Post zurück: »Wir haben uns noch böse gestritten wegen dir. Er meinte, du hättest ihn

121

zutiefst beleidigt. Und dass er dich nie wiedersehen will.«

Pft. Ich habe ihm lediglich die Wahrheit gesagt. Ich reiße einen weiteren Zettel ab:»Achso. Willst du mich denn noch wiedersehen?« Vielleicht hat sie ihm und seiner Sicht der Dinge ja geglaubt? Ich bin eh etwas traurig darüber gewesen, dass auch sie mir seither keine Nachricht geschrieben hat. Schließlich bin ich da von ausgegangen, dass wir nun wirklich Freundinnen geworden sind. Sie liest... Und legt den Zettel weg. Sie lässt sie sich lange Zeit für die Antwort, was mich ein bisschen nervös macht. Es klingelt zur Pause. Alle um mich herum packen die Sachen zusammen und auch sie packt ein. Kein Antwortzettel zu sehen. Wie gemein!

Nachdem auch ich meine Klamotten eingepackt habe und den Raum mit Milan verlasse, laufe ich direkt in die vor der Tür wartende Emilia. Dort drückt sie mir einen Umschlag in die Hand und sagt:»Nimm es als Antwort auf deine Frage.« Mit einem vielsagenden Lächeln dreht sie sich um und geht weiter, während Milan mich komisch mustert.

»Das geht dich nichts an«, sage ich, kehre ihm den Rücken zu und öffne den Umschlag. Es ist eine Karte darin. *Romeo & Julia am 22.12. im Rathaus-Theater*, steht darauf. Also will sie mich wiedersehen ...

»Hey, ich dachte es ist ausverkauft!«

»Tja, Milan, jetzt werde ich doch zusehen, wie du dich vor aller Welt blamierst.«

»Von wegen. Du wirst Zeugin meines Aufstiegs zum leuchtenden Theaterstar.« Darüber muss er selbst lachen und gemeinsam gehen wir zur nächsten Unterrichtsstunde.

122

VIERTER AKT

Genau in zwei Wochen ist Heiligabend. Dann werde ich wieder mit meiner Familie einträchtig unter dem Tannenbaum sitzen und alle schlürfen Sekt und sind froh. Ich mag Weihnachten. Weil ich meine Familie mag. Weil wir weder zerrüttet, noch von Schicksalsschlägen belastet sind. Weil wir so wahnsinnig normal sind. Das habe ich nie so zu schätzen gewusst wie in diesem Jahr. Außerdem bedeutet Weihnachten auch, dass jeglicher Stress von mir abfällt. Nur noch zwei Mal Training, nur noch ein paar Schultage und dann kann ich mich faul irgendwo hinlegen und brauche nicht mehr aufzustehen.

Aber vorher muss ich mich eben noch den letzten Trainingseinheiten des Jahres stellen, um dann Freitagabend, auf der großen Weihnachtsfeier des Vereins, das vergangene Jahr angemessen zu begießen. Erst die Arbeit. Heute komme ich trotz der guten Aussichten nicht richtig in Schwung und vergesse zu allem Überfluss auch noch meine Trinkflasche in der Umkleide. Das hat zur Folge, dass ich missmutig und ziemlich durstig die Übungen absolviere, aber eigentlich nur darauf warte, nach Hause zu kommen. Zumal mich Katjas doofe Fragen nach Julius nerven. Ich habe ihr gesagt, dass das vorbei ist, aber sie scheint es einfach nicht zu verstehen. Na gut, ich habe ihr auch nicht gesagt, dass es bloß so weit kam, weil er mit mir schlafen wollte und ich eben nicht. Sie würde das nicht verstehen. Außerdem geht es sie überhaupt nichts an.

Wir machen ein paar Passübungen und spielen dann vier gegen vier auf kleinen Feldern. Mein Team besteht aus Katja, Leonie und Magda. Wir spielen zunächst gegen Deboras Team. Da das Spielerniveau recht ausgeglichen ist, kommt es zwischen uns zu einem ziemlich rüden Schlagabtausch. Wir gehen zunächst dank Magda in Führung, doch im Gegenzug gleichen die anderen wieder aus. Deboras Grinsen darüber ist für mich kaum zu ertragen. Ich kann sie wirklich nur aushalten, wenn sie schweigend unsere Verteidigerin gibt. Hier im Training gegen sie anzutreten, lässt mich alle Abneigung wieder deutlich spüren. Der Ball kommt auf mich zu. Tabea stürmt herbei, aber ich kann sie mit einem geschickten Ausfallschritt austricksen, ziehe an ihr vorbei und bin nun in idealer Schussposition. Schon habe ich das Tor fixiert und hole aus – da reißt es mich von den Beinen und ich lande hart und ungefedert auf dem Ascheplatz. Schmerz! *Mein Knie.* Ich schaue auf, irritiert und wütend. Über mir steht Debora mit weitaufgerissenen Augen und stottert: »'Tschuldigung.«

»Sag mal bist du völlig irre oder was, mich so umzunieten?«, ich springe auf, aber mein Knie sackt weg und ich stütze mich nur aufs rechte Bein.

Rolf kommt herbeigeeilt. »Bist du verletzt?«, fragt er besorgt und sieht sich gleich mein Knie an.

»Ich weiß es nicht.«

Debora. Sie steht immer noch unsicher vor mir und guckt blöd.

»Das war eine üble Attacke, Debora, das geht gar nicht«, sagt unser Trainer und tastet mein Knie ab. »Tut das weh?«

»Ja.«

»Geh es besser kühlen.«

Ich humple unbeholfen in Richtung Kabine und verfluche Debora innerlich. Sie ist der Teufel. In der Kabine hole ich mir ein Kühlpack aus Rolfs Tasche und setze mich. Endlich kann ich etwas trinken. Unglaublich. Wenn ich mich jetzt verletzt habe, wegen dieser verdammten Kuh, dann raste ich aus. Die Tür springt auf. Herein kommt niemand anderes als diese Horrorfrau und schaut mich schuldbewusst an.

»Es tut mir wirklich leid, Katinka.«

»Verpiss dich.« Ich bin selten so rüde, aber ich kann nicht anders.

»Ich wollte nicht so hart reingehen.«

»Bist du aber, und wenn ich mich jetzt deinetwegen verletzt habe, dann gnade dir Gott.«

Sie steht da mit verschränkten Armen und starrt mich an.

»Katinka. Ich weiß, wir hatten ein paar Probleme in letzter Zeit...«

»Probleme?! Du und ich, wir stehen in keinem Ver hältnis zueinander. Wegen dir ist die Hölle über mich hereingebrochen und du verfolgst deinen Plan anscheinend konsequent immer weiter!«

»Was?«

»Du stellst mich vor aller Welt als Lesbe da, schädigst meinen Ruf, denkst nicht daran, dich zu entschuldigen und jetzt trittst du mich sogar im Training um!«

»Du hast echt einen Knall.«

»Ich? Ich habe einen Knall?!« Ich bin so sauer, am liebsten

125

würde ich aufstehen und auf sie losgehen, aber ich will mein Knie noch nicht belasten.

»Ich finde schade, wie alles gekommen ist«, spricht Debora und kommt auf mich zu. »So sollte es nicht werden. Ich habe alles überstürzt. Du weißt ja, wie ich so bin. Das war wie mit dem Foul eben. Ich habe nicht genug nachgedacht. Und dann kam ich selbst nicht damit zurecht.« Was erzählt sie da? »Ich wollte dich nicht so überrumpeln, aber ich wusste nicht, wie ich es sonst sagen sollte...« Ihre Stimme klingt schwächer als sonst. »Ich will auch echt nicht, dass du mich hasst.« Jetzt steht sie ganz nah vor mir. Sie fällt auf die Knie und nimmt meine Hände. Ich reiße sie los.

»Lass das, Debora! Lass es einfach.«

»Katinka, ich weiß, meine Aktion war scheiße. Es hätte niemand sehen sollen. Es ist auch scheiße, dass ich danach nicht dazu gestanden habe. Aber ich habe jetzt viel verstanden und viel eingesehen.«

»Schön. Schön für dich! Aber lass mich mit deinem Mist in Ruhe!«

»Warum bist du so?«

»Wie bin ich denn?«

»So überempfindlich, sobald dir jemand näherkommt.«

Sie will mich bloß provozieren.

»Katinka, denk doch einmal klar! Jeder hier hat damals mitbekommen, wie du über Britta gedacht hast.« *Wie ich über Britta gedacht habe?* »Du hast sie angebetet. Streite es nicht ab.«

»Ich mochte sie, sie war eine tolle Spielerin...«

»Du warst verknallt in sie, wir wissen es alle.«

Alte Empfindungen mischen sich in dieser Sekunde mit neuer

126

Wut. Wie kann sie nur diese Geschichte ausgraben? »War ich nicht. Was soll das?«

»Es ist so traurig, mit anzusehen, wie du dich hinter deiner coolen Maske versuchst zu verstecken. Ich wollte dir eine Hand reichen, indem ich dir zeige, dass ich auch so bin. Ja, ich stehe auf Frauen! Na und? Du tust es auch.«

Stille. Sie durchbohrt mich mit ihren stechenden Augen. Bohrt sich direkt durch mich hindurch. Doch in mir ist gerade nichts. Ich sitze nur da, erstarrt, unfähig mich zu bewegen. Die Tür schwingt auf, die Mädels stürmen herein. Was sie vorfinden, sind Debora und ich, dicht an dicht, sie vor mir kniend. Eindeutiger könnte der Moment nicht sein. Kurzschlussreaktion in meinem Kopf. Noch bevor ich wirklich nachdenken kann, spreche ich die Worte, die mich aus dieser prekären Situation retten: »Es tut mir leid, dass du auf mich stehst, Debora. Aber bitte, sieh es einfach ein: Ich kann das nicht erwidern.«

Man hätte eine Stecknadel fallen hören können. Sie starrt mich an und ihr Mund klappt auf, doch es kommt nichts heraus. Die Mädels wissen nicht, wo sie hinschauen sollen. Langsam stehe ich auf, humple zu meinen Sachen und beginne mich umzuziehen. Hinter mir höre ich bloß Schritte, Rascheln und schließlich die Tür, die zufällt.

»Was war denn das?«, durchbricht Leonie das Schweigen. Debora scheint die Kabine verlassen zu haben. Meine Anspannung bleibt. Vor meinen Kameradinnen gebe ich mich locker und erzähle, sie hätte mir gestanden, dass sie auf Frauen steht und ich hätte ihr eben gesagt, dass das bei mir nichts bringt. Allgemeine Anerkennung für meine Ehrlichkeit bricht im Team aus. Denise sagt, dass sie schon immer gedacht hätte, dass Debora so eine sei

127

und selbst Katja stimmt mit ein und sagt:»Jetzt muss sie aber endlich verstanden haben, von welchem Ufer du bist.«

Eigentlich müsste es die ganze Welt mittlerweile verstanden haben. Aber es fühlt sich nicht so an.

Wir schreiben Freitag, den 14. Dezember. Nur noch eine Schulwoche, nur noch zehn Tage bis zum Fest. Bereits heute Abend verabschiedet sich mein Verein in die Winterpause. Alljährlich findet dazu eine große Weihnachtsparty statt. Im Prinzip ist es ein äußerst unbesinnliches Besäufnis in auf unserem Platz aufgestellten Zelten. Es ist laut, gut besucht und immer lustig. Ich habe Katja und Leonie schon lange zugesagt, mit ihnen dorthin zu gehen. Zwar habe ich dabei gemischte Gefühle, weil ich befürchte, Debora dort zu begegnen, aber andererseits ist ja jetzt alles klar.

Sie ist nicht zum letzten Training des Jahres erschienen und ich glaube, ich habe sie nun wirklich abgeschreckt. Vielleicht war ich gemein. Vielleicht war es sogar richtig böse von mir, sie so bloßzustellen. Aber sie hat es nicht anders verdient. Und ich wusste mir nicht anders zu helfen. Der Spieß ist umgedreht und jetzt wird sie spüren, wie es mir mit den Gerüchten ging. Jegliche Schuldgefühle schiebe ich zur Seite. Eigentlich kann mir jetzt gar nichts mehr passieren. Mein Knie ist Gott sei Dank unbeschadet geblieben. Außer einem großen blauen Fleck habe ich keine Blessuren davongetragen und so werfe ich mich in Schale, um mit den Mädels auf die gelungene Saison anzustoßen, endlich wieder frei von allen Sorgen.

Anders als beim letzten Mal, als ich feiern war, bin ich nicht mehr bemüht, irgendwem irgendwas zu beweisen. Dieser

Quatsch mit der Liebe... Ich halte mich da einfach raus. Bleibe ich eben allein. Allein und stark. Ich werde kein Anhängsel irgendeines Halbstarken. Das passt auch gar nicht zu mir. Ich glaube, ich nähere mich in Riesenschritten meinem eigentlichen Selbst. Katja, Leonie und ich nehmen gleich einen Tisch nah an der Theke.

»Ich bin übrigens gewillt, heute einen geilen Abend zu haben«, verkünde ich meinen beiden liebsten Teamkolleginnen.

»Den werden wir haben, versprochen!«, tönt Leonie und schielt dann an mir vorbei zum Ende des Zeltes. »Die Jungs sind auch schon alle da. Es wird ein Fest!«

Wie schafft sie es nur so schnell, mit diesem einen Satz meine eigentlich so grandiose Laune zu trüben?

»Dein Julius wird nicht dabei sein, du kannst dir heute einen Neuen suchen!«, pflichtet Katja bei und meint wohl, mir damit einen Gefallen zu tun.

»Danke, Katja, aber ich glaube, ich habe erst einmal die Schnauze voll von allem, was damit zu tun hat.«

»Wollen wir mal sehen.« Sie zwinkert verschwörerisch.

Mädchen. Zwei mir wohlbekannte Gesichter tauchen neben unserem Tisch auf. Es ist das schöne Paar, Daniel und Emilia. Ich habe nur noch wenige Worte mit ihr gewechselt, seit sie mir die Theaterkarte gegeben hat. Ich habe mich noch bedankt, natürlich, aber da war sie gerade mit Nicole beschäftigt und ich bin schnell wieder gegangen. Es ist eben komisch. In der Schule ist es meist immer noch, als würden wir uns nicht kennen. Es kommt erst gar nicht zum Kontakt. Vielleicht liegt das auch etwas an mir. Ich habe mir angewöhnt, immer im richtigen Moment wegzuschauen, so dass sich unsere Blicke nie zufällig

129

treffen können.

Gestern ist es einmal schief gegangen. Im Mathematikunterricht sitzt sie auf der Fensterseite, ich sitze gegenüber an der Wand. Sie hat eine Aufgabe angeschrieben, es ging um funktionale Gleichungen und ich habe rein gar nichts verstanden. Als sie zurück zu ihrem Platz ging, sann ich gerade darüber nach, dass ich diese Streberart eigentlich überhaupt nicht leiden kann, aber ich sie unbedingt mal fragen sollte, ob sie mir das mit dem Wertebereich bei Intervallen erklärt. Wir könnten uns ja mal zum Lernen treffen. Ganz unverbindlich. Als sie sich setzte, richtete sie überraschend ihre Augen auf mich. Erwischt. Peinlich berührt rang ich mir ein unbeholfenes Lächeln ab und starrte dann auf mein Blatt. Sie kam mit Julius in mein Leben. Als Beigeschmack. Jetzt weiß ich nicht mehr, wie ich sie einordnen soll.

Und jetzt kommt sie direkt auf mich zu. Ich begrüße sie schüchtern, unsicher, ob ich sie umarmen sollte und Emilia lächelt freundlich, während Daniel gar nichts sagt und sich im Zelt umschaut.

»Ey Lili, ich geh mit Eddi an die Bar. Warte doch einfach bei Tinka. Darf sie doch, was?« Er zwinkert mir zu.

»Klar«, gebe ich zurück und schneller als ich das ausgesprochen habe, ist er schon unterwegs zur Theke. So ein Penner. Emilia steht etwas unschlüssig neben unserem Tisch, ich rutsche ein Stück zur Seite und biete ihr den Platz an.

»Wir haben eine Runde Bier bestellt, willst du auch eins?«, fragt Katja sie und schon zeichnen sich auf Emilias Stirn Sorgenfalten ab.

»Ich trinke nicht.«

130

»Echt? So gar nicht?«, hakt Leonie nach, als könnte sie es einfach nicht glauben.

»Sie ist eben vernünftig«, sage ich, noch bevor Lilli antworten kann, denn ich ahne einen Grund für ihre Abstinenz und möchte ihr das Thema jetzt ersparen. Sie schaut Daniel nach, der in einem ganzen Pulk von Jungs steht. »Den werde ich jetzt wohl den ganzen Abend nicht mehr sehen. Das ist jedes Jahr so.«

»Ach was, irgendwann kommen die rüber«, meint Leonie und winkt einem aus der Jungsgruppe. Er heißt Joshua, ich kenne ihn nicht näher, aber Leonie redet ab und an mit ihm. Er zwinkert ihr zu und sie bedeutet ihm, hier zum Tisch zu kommen. Doch Joshua winkt ab, zeigt auf seine Jungs und schüttelt mit dem Kopf.

»Idiot«, zischt Leonie und dreht sich wieder zu uns, während wir darüber schmunzeln müssen.

»Das nennt man dann Abfuhr«, fügt Katja hinzu.

In dem Moment kommt ihre Mutter mit den drei Bier vorbei. »So Mädels, die Runde schmeiße ich!«, sagt sie lächelnd und gibt uns die Getränke. Freudig bedanken wir uns. Damit ist der Grundstein für die weitere, ausschweifende Weihnachtsfete gelegt.

»Ach, wisst ihr was – wer braucht schon Männer?!«, sage ich mit einem Augenzwinkern und hebe mein Bier in die Höhe. Katja und Leonie stimmen gleich mit ein und heben ihr Glas. Auch Emilia entlockt es ein Lächeln. Wir stoßen an. In der Mitte des Zelts steht die Theke. Zwischen ein paar älteren Herren kann ich Daniel mit seinem Kumpel Eddi sehen. Ich bin wirklich froh, dass Julius kein Fußballer ist. Wenn ich mir vorstelle, er wäre jetzt auch noch hier, hätte sich betrunken und womöglich noch

131

einmal versucht, mit mir zu reden ... Das wäre niemals gut gegangen. Emilia tut mir etwas leid. Daniel schleppt sie mit hierher, wo alle seine Kumpels sind, wo überhaupt absoluter Testosteron-Überschuss herrscht, und lässt sie jetzt hier mit ihr unbekannten Weibern sitzen. Da sie niemand anders hat, werde ich mich also um sie kümmern müssen. Das schaffe ich schon. Da sehe ich hinter der Theke, am anderen Ende des Zeltes, drei meiner Mannschaftskameradinnen hereinkommen. Steffi, Melli und ... Katja scheint mir den Schock vom Gesicht ablesen zu können. Sie dreht sich um und folgt meinem Blick.

»Oh! Debora ist ja doch dabei«, bemerkt sie ganz richtig.

»Was?«, auch Leonie dreht sich um. »Die hat vielleicht Nerven.«

»Sie kommen nicht hierher. Sie setzen sich da drüben hin«, stelle ich fest und ein paar Steine fallen mir vom Herzen. Ich habe wirklich gedacht, nach dem Vorfall letzte Woche würde sie es nicht wagen, hier aufzukreuzen. Aber anscheinend kann sie besser über den Dingen stehen als ich.

»Ach, Tinka, einfach ignorieren«, sagt Katja. »War doch klar, dass Steffi und Melli immer zu ihr halten würden. Die sind jetzt nur hier, um dir einen reinzuwürgen.«

»Genau das regt mich ja so auf«, erwidere ich und schaue zu Debora herüber. Auch sie sieht her und ich halte dem Blick stand. Ohne Worte oder Gesten zu gebrauchen, schicke ich ihr all meine Abneigung durch den Raum. Ich werde mich nicht mehr unterkriegen lassen. Diesen Abend lasse ich mir auch nicht versauen. »Sollte sie mir noch einmal so blöd kommen wie am Montag, dann kann sie sich auf was gefasst machen, so viel steht fest.«

Emilia schaut mich fragend an:»Ist irgendwas passiert? Ich verstehe nur Bahnhof.«

»Die beiden haben sich fast geprügelt beim Training«, erläutert Leonie, dabei wäre ich froh gewesen, wenn wir das Thema einfach unter den Tisch hätten fallen lassen können. So muss ich mir jetzt eine dramatisch ausgeschmückte Version des eigentlichen Vorfalls anhören... »Und dann hat Tinka Debora ganz cool mitten ins Gesicht gesagt: *Es tut mir herzlich leid, wenn du auf mich stehst, ich kann das leider nicht erwidern.* Und hat sich weggedreht. Wie die Debo da geguckt hat – das war mega.«

In zwei Zügen leere ich mein Bier. Das alles weckt einen wahnsinnigen Durst in mir und ich stehe auf, um an der Theke mehr zu bestellen.

»Oh, großartige Idee, sollen wir Tanzen gehen?«, versteht Katja meine Aufbruchsstimmung falsch.

»Dann brauche ich aber erst noch was Härteres«, stelle ich fest.

An der Theke bestellt Leonie, die schon 18 ist, eine Runde Schnaps für uns. Emilia steht neben mir, schaut mit angespanntem Gesicht durch den Raum.

»Weiß du, Alkohol kann auch locker machen«, sage ich beiläufig und hoffe, keinen wunden Punkt zu treffen. Ich beuge dem lieber vor:»Kann es sein, dass du wegen deiner Mutter nicht trinkst?«

Sie zuckt mit den Schultern. Also ja.»Ich weiß, dass das eigentlich Quatsch ist«, sagt sie. Leonie und Katja lachen derweil über irgendetwas und hören uns nicht zu.

»Das ist kein Quatsch. Das ist völlig in Ordnung«, meine ich. »Andererseits bist du nicht deine Mutter, das darfst du nicht ver-

133

gessen.« Habe ich das gerade wirklich gesagt? Ich hoffe, sie nimmt das jetzt nicht falsch auf. Sie schaut mich wieder so seltsam an, auf diese beunruhigende Art und ich schaue regungslos zurück.

»Na gut«, sagt sie dann.

»Was?«

»Du hast recht.«

»Ich will dich gerade bestimmt nicht zum Alkohol verführen...«

»Es ist ja nicht so, als hätte ich noch nie getrunken. Vielleicht lasse ich es nach diesem Abend auch wieder bleiben.«

»Du bist ein freier Mensch.«

»Eben.« Sie lacht mich an, fest entschlossen.

Ich reiche ihr mein Pinnchen: »Pass aber schön auf, ja?«

Sie grinst nur frech zurück.

Heiß ist es hier! Das Zelt platzt mittlerweile aus allen Nähten und das Licht wurde gedämpft. Aus den schlechten Boxen dröhnt laute Musik, die Tanzfläche ist gut gefüllt. Mein Trüppchen und ich sind mitten drin und gut dabei. Katja und Leonie können wirklich jedes Lied mitsingen. Den meisten Spaß, wer hätte das gedacht, bereitet mir tatsächlich Lili, diese Wundertüte. Ich hab sie noch nie trinken und noch nie tanzen gesehen, heute tut sie beides, und beides besser, als ich ihr zugetraut hätte. Immer wieder erwische ich mich dabei, wie ich ihr anerkennend zulächeln muss. Emilia Weidering und ich, wie richtige Freundinnen, fröhlich auf der Tanzfläche. Es geschehen noch Zeichen und Wunder. Und gerade als ich das denke, nimmt sie mir jemand weg. Ihr Freund hat sich durch die Menge geschoben und grient

134

uns an. Von wegen die trinken nie. Heute Abend sind sie wohl beide mindestens angeheitert. Daniel zieht sie an sich, umgreift sie mit dem langen Arm und schirmt sie ab von mir. Ich wende mich Katja und Leonie zu, die mich mit hochroten Köpfen grölend in ihrer Runde aufnehmen. Irgendjemand reicht mir noch ein Bier. Dennoch habe ich den Eindruck, das schöne Paar tanzt die ganze Zeit genau vor meinen Augen. Wie nervig. Nein, wie widerlich. Daniels Hände sind mittlerweile so gut wie überall. In ihrem Gesicht, an ihrer Taille, ihrem Hintern, ihren Brüsten ... Wie ein achtarmiger Tintenfisch nimmt Daniel seine Beute ein und droht sie zu verschlingen. Während ich meinen Blick nicht abwenden kann, wie angewurzelt da stehe und zwei weitere Schlucke Bier nehme, wird mir klar, wie wenig ich diesen Typen leiden kann, ja, wie sehr ich ihn eigentlich hasse. Wie schlecht er sich bewegt. Wie rau er sie begrabscht. Wie ekelhaft er auf sie herab stiert. Man sollte dazwischen gehen. Das kann Emilia doch unmöglich gefallen. Sie schaut mich an. Ich schaue nicht weg. Ihr Typ merkt, dass er ihre Aufmerksamkeit verloren hat. Er sieht mich an, grinst dann, macht einen Kussmund. Verhöhnt er mich etwa? Jemand klopft ihm auf die Schulter. Einer seiner Jungs. Daniel dreht sich zu ihm. Zielsicher gehe ich auf Emilia zu und schiebe mich zwischen sie und ihn, dränge ihn unsanft näher an seinen Kumpel.

»Entschuldige. Wenn du quatschen willst, lass uns bitte tanzen«, sage ich zu ihm und er kneift die Augen zusammen. Bevor Daniel ungemütlich werden kann, hat sein Kumpel ihn in ein Gespräch verwickelt. In diesem Moment schiebe ich Emilia ein Stück weiter, bis wir am Rand der Tanzfläche, direkt an der Zeltwand, stehenbleiben.

»Bleib ab jetzt bei mir«, sage ich in ihr erstauntes Gesicht. Als ich mich wieder umdrehe, stelle ich fest, dass ich Daniel nicht mehr sehen kann, allerdings habe ich auch Leonie und Katja verloren. Sie sind irgendwo zwischen den ausgelassenen Vereinsleuten, wahrscheinlich bei Joshua und den anderen Jungs. Eine Hand greift nach meiner. Emilia zieht mich zu sich, schaut mich auffordernd an. Dann tanzen wir eben zusammen. Und es geht gut. Als wären wir telepathisch verbunden, wissen wir beide ziemlich genau, an welcher Liedstelle wir die Arme hochreißen, wann wir uns drehen, wann wir uns antanzen. Ja, sie ist ziemlich forsch. Überhaupt kommt sie mir fast wie ausgewechselt vor, gar nicht mehr so beherrscht und steif wie sonst. Statt auf den Boden zu schauen und verhalten zum Rhythmus zu wackeln, also so, wie ich sie mir vorgestellt hätte, geht sie richtig mit, zieht mich zu sich, stößt mich weg, fackelt ein kleines Feuerwerk ab. Klar, sie kann schauspielern, aber ich glaube eher, dass der Alkohol hier ungeahnte Fähigkeiten zu Tage fördert. Die dröhnende Dancemusik schwillt etwas ab, der Song wird kurz ganz soft, um sich dann wieder zu steigern und zu explodieren. Wir halten uns an den Händen, bilden im schummrigen Licht eine einzige Silhouette. Wie eng. Wie eng es hier ist und wie eng wir beieinanderstehen. Nun bin ich es, die sie einnimmt und abschirmt. Ich kann jede einzelne ihrer langen Wimpern sehen und auch die sich drehenden Scheinwerfer, die sich in ihren Augen spiegeln. Ihr Atem streift meinen Hals. Ihr Puls schlägt gegen meinen Unterarm. Ob meiner auch so schnell geht?

»Erzähl mir nochmal, das gefällt dir nicht«, giftet eine wohl bekannte Stimme neben mir. Ich fahre rum und entdecke Debora neben mir. Sie grinst hässlich und nimmt einen Schluck Bier.

136

Sofort löse ich meine Hände aus Lilis.

»Was willst du?«, raune ich Debora an.

Sie steht ganz gerade, macht sich breit, sie ist offensichtlich gewillt, mich zu provozieren. Ob ich will oder nicht, spüre ich jetzt schon die Aggression in mir hochkochen.

»Ich frage mich langsam, wem du eigentlich was vormachen willst? Stellst mich dar als die übelste Lesbe und machst dann mit Daniels Freundin rum«, spottet sie mir direkt ins Gesicht.

»Wo siehst du denn hier jemanden rummachen?« Ich trete näher, stelle mich genauso auf wie sie und bin bereit. Wir stehen ähnlich nah wie Emilia und ich Sekunden zuvor, bloß liegt nun eine ganz andere Art von Spannung in der Luft. Vorsichtig greift Emilia nach meinem Arm und will mich wegziehen, aber ich wehre ab.

Debora schaut mich belustigt an und zischt: »Du bist ein feiges, armes Mädchen, Katinka Ebbers.«

»Und du bist eine ekelhafte Lesbe.«

Ihre Hand klatscht schmerzhaft in mein Gesicht. Kurz erschrocken über mich und ihre Ohrfeige, weiß ich nicht, wie ich reagieren soll.

»Komm mal klar! Ich steh auf Frauen, ja und? Ich sag es allen, hör hin: Leute, ich bin eine Lesbe!«, brüllt Debora und streckt die Arme in die Luft. Sie spinnt. Sie ist völlig irre. Ich kann immer noch nichts anderes, als sie anzustarren und dann greift sie meinen Arm und reißt ihn mit hoch: »Und sie ist es auch!«

Sofort ziehe ich zurück und schubse sie weg, so dass sie haltlos gegen die Leute hinter ihr prallt. Ich will mich zum Gehen wenden, hier kann ich nicht länger bleiben, doch da packt sie mich schon wieder und als ich mich gerade wütend umdrehe, erwischt mich irgendwas an der Stirn. Es tut höllisch weh.

»Aufhören!«, donnert eine männliche Stimme neben uns und reißt uns auseinander. Jetzt packt Emilia mich heftiger und zieht mich durch die Menge nach draußen. Ich gehe mit, aufgewühlt und vom Schmerz leicht benebelt. Die Wut in mir will überschäumen, so aufgebracht bin ich. Emilia führt mich aus dem Zelt hinaus an die Luft, dort reiße ich mich los und gehe kochend auf und ab. Am liebsten würde ich direkt wieder rein gehen, direkt auf Debora zu und direkt mit meiner Faust in ihr Gesicht. Ich habe es einfach satt! Seit Monaten versaut sie mir immer wieder mein Leben!

»Ich hasse sie! Ich hasse, hasse, hasse sie!«, schreie ich in die Nachtluft.

»Beruhig dich...«, höre ich Emilia sagen, aber das ist nicht so einfach.

»Ich ertrage das nicht mehr!«. Mir kommen die Tränen.

»Komm mal her.«

»Nein.«

»Komm zu mir.« Ich bleibe stehen und sie drückt mir etwas gegen die Stirn. »Das hätte ganz böse ausgehen können. Du blutest.«

»Was?«

»Ja, sie hat dir eine verpasst.«

»Diese... diese...!«

»Bleib eben hier stehen und drück das Tuch auf die Wunde.«

Ich weiß eh nicht, wohin mit mir, also tue ich, was sie sagt, während sie zurück ins Zelt geht. Unglaublich, diese Debora. Sie will mir mit der Brechstange klar machen, dass ich lesbisch bin,

138

weil sie meint, das besser zu wissen als ich und sie tut es mit aller Gewalt und ich wehre mich, prügle mich, aber immer ist sie die Siegerin. Und immer muss ich mich geschlagen geben.

»Willst du dich setzen?«, Emilia hat unsere Jacken unterm Arm und deutet auf eine Bank am Rande des Platzes. Die ist bestimmt wahnsinnig kalt. Aber ich kann auch nicht wieder rein gehen. Also ziehe ich mir die Jacke über und wir setzen uns inmitten der Dunkelheit auf die Lehne der Bank. Tief durchatmend und mittlerweile das zweite Taschentuch auf meine Wunde drückend sitze ich da wie ein Häufchen Elend.

»Wie spät ist es?«

»Gerade 1 Uhr durch«, antwortet Emilia.

»Der Bus kommt erst in einer halben Stunde«, murre ich.

»Ich dachte, du wohnst nah am Platz?«

»Ich laufe den Weg ungern im Dunkeln.«

Sie seufzt:»Und ich muss noch auf Daniel warten.«

In mir zieht sich wieder alles zusammen. Eine Weile sitzen wir so da. Ich starre vor mich hin. So ein Drecksabend. Ich will ins Bett.»Außer du läufst mit mir«, sage ich dann.

»Wie bitte?«

»Na, du kommst einfach mit. Schläfst bei mir. Ist doch egal.«

Ich schaue sie an, im Dunkeln ist aber nicht viel zu erkennen. Dann höre ich ein leises»OK.« Und die Sache ist beschlossen.

»Meine Eltern sind nicht hier«, sage ich beim Aufschließen der Tür.»Sie sind bei Freunden und kommen erst morgen wieder. Kannst also poltern und dich daneben benehmen.« Ich zwinkere ihr zu. In meinem schummrigen Kopf ist mir durchaus irgendwie klar, dass das mal wieder eine abstruse Situation ist, in der ich mich hier befinde, aber für weitere Gedanken ist es mittlerweile eh zu spät. Ich führe sie die Treppe hinauf und in mein Zimmer.»Nicht schön, tut mir leid.«

»Ach, Quatsch«, sagt sie und lässt den Blick durch den Raum schweifen. Bei den Pokalen bleibt er hängen. Sie tritt näher und schaut sich das Mannschaftsbild an, während ich ein T-Shirt und eine Jogginghose aus meinem Schrank ziehe.»Darin kannst du schlafen«, sage ich und werfe die Sachen aufs Bett. Sie bedankt sich und ich gehe ins Bad.

»Ach du Scheiße«, stoße ich aus, als ich die Platzwunde an meiner Augenbraue sehe. Ich kann immer noch nicht fassen, dass Debora das getan hat.»Meinst du, da reicht ein Pflaster?«, rufe ich Emilia zu, die sofort ins Bad kommt und sich meine Stirn genau anguckt.

»So wild ist das nicht.«

»Aber es tut verdammt weh.«

»Aber es hat aufgehört zu bluten. Gib mal ein Pflaster.«

Ich hole eins aus dem Schrank und gebe es ihr. Mit einem feuchten Tuch tupft sie behutsam um die Wunde herum und macht mir dann das Pflaster drauf.»So wird es gehen«, sagt sie und streicht mir ganz sanft über die Wange.

»Es ist alles so furchtbar«, murmele ich in die Tiefen meines Zimmers, nachdem ich das Licht gelöscht habe.

»Was?«

»Na, was passiert ist.«

»Bis auf deine kleine Wunde ist doch nichts passiert.«

»Stimmt, es ist ja alles wie immer. Man macht mich lächerlich und nennt mich Lesbe.« Die Worte schmecken bitter. Irgendwie schäme ich mich auch dafür.

140

»Tinka. Lass die Leute doch reden, was sie wollen.«

»Kann ich nicht.«

»Du weißt doch selbst am besten, was wahr und was Schwachsinn ist.«

»Da bin ich mir manchmal nicht so sicher.«

Schweigen. Der Wind peitscht gegen die Jalousien. Ich verkrieche mich tiefer unter meiner Decke.

»Stell dir vor, Debora wüsste, dass du mich tatsächlich mit nach Hause genommen hast«, kichert Emilia dann leise. Auch ich ringe mir ein Lächeln ab, das ich der Dunkelheit schenke. Das ist wohl Ironie des Schicksals.

»Sie denkt ja, sie hätte uns rummachen gesehen. Sie wird dich jetzt wohl hassen.«

»Und Daniel dich.«

Kurz nach diesem Satz geht ein Ruck durch mein Bett. »Scheiße! Daniel! Ich habe ihm überhaupt nicht Bescheid gesagt!« Durch mein Zimmer taumelnd tastet sie nach ihrer Tasche und ihrem Handy. Ich kann das Display aufleuchten sehen und die Umrisse ihres Profils. »Das wird Stress geben«, sagt sie und schlüpft zurück unter die Decke.

»Sag ihm, es gab einen Zwischenfall und du musstest dich um mich kümmern«, schlage ich vor. Sie liegt auf dem Rücken und tippt auf ihrem Handy herum. »Das wird ihn nicht überzeugen.« Dann legt sie das Handy zur Seite und es wird wieder stockfinster. Und still.

Ist sie wirklich hier? Meine Hand wandert über die Bettdecke ein Stück nach links, bis sie etwas Warmes, Weiches ertastet. Ich habe ihre Hand gefunden.

»Alles OK?«, höre ich sie fragen.

141

Ja.»Ich wollte nur noch einmal sicher gehen, dass du wirklich hier bist.«

Ihre Hand drückt meine. Da ist wieder dieses warme Gefühl in mir. Sie rückt etwas näher. Mein Bett ist eh nicht sonderlich breit. Aber jetzt liegt sie wirklich nah, Gesicht an Gesicht. Wie eben auf der Tanzfläche, bevor Debora uns gestört hat. Jetzt sind wir ungestört. Es kribbelt. Überall. Die Umgebung dreht sich vielleicht ein bisschen – aber das ist egal. Ihr Atem streift mein Gesicht. So nah ist sie.

»Es ist schön, dass du da bist«, flüstere ich. Ihre Hand wandert in mein Haar. Sie streichelt mich. Wie lieb sie ist. Viel zu lieb für Daniel. Aber sie ist ja mit mir gekommen, nicht mit ihm. Meine Hand streicht an Ihrer Silhouette entlang. Die Seite hin auf, über die Schulter, an ihre Wange. Streicht ihr eine Strähne hinters Ohr. Darf ich das überhaupt? Sie wehrt sich nicht dagegen. Und trotzdem. Das darf ich doch eigentlich nicht? Wenn ich Daniel wäre. Wenn ich jetzt er wäre und machen dürfte, was er machen darf ...

»Was denkst du, Tinka?«

Kann ich ihr das sagen? »Wenn ich jetzt Daniel wäre...«, schon habe ich es ausgesprochen. Ich kann ihr Gesicht nicht erkennen, keine Reaktion erfassen.

»Was wäre dann?«

Mein Herz pocht. Dann wäre alles leichter. Alles wäre so klar. Wie aus weiter Ferne höre ich mich flüstern: »Dann würde ich dich wohl küssen.«

Ich höre nichts, sehe nichts. Fühle nur mein Herz wie wild gegen meine Brust hämmern. Täusche ich mich, oder rückt sie noch näher, berühren ihre Lippen fast meine?

142

»Und wenn Lili lieber von Tinka geküsst werden will?«

Ich glaube, mein Verstand setzt aus. Was nun folgt, entzieht sich seiner Prüfung. Langsam wage ich mich vor. Bis sich unsere Lippen treffen. Vorsichtig, fast bemüht, nichts zu zerbrechen. Sie erwidert. Ich spüre wie ihre Arme mich umschließen, ihre Hand mich berührt und meine Eisschicht mit jedem weiteren Zentimeter zum Schmelzen bringt. Ich will aufgetaut werden. Von ihr. Jetzt. Ich ...

»Ich habe das noch nie gemacht.« Mein Kopf existiert doch noch. Ihre Stimme ist nicht mehr als ein Hauchen: »Das macht nichts.« Dann lehnt sie sich über mich. Unter dringlich werdenden Küssen schlägt mein Herz an ihrem. Ich zucke kurz zusammen, als ihre Hand unter mein T-Shirt gleitet. Dann gebe ich nach. Lasse geschehen. Will, dass es geschieht.

Unsanft reißt mich ein brüllender Krach aus dem Schlaf. Es klingt wie Musik aus kaputten Boxen. Erschrocken setze ich mich auf und fange vor Kälte an zu zittern – wo ist mein Oberteil? Zu dem Schock gesellt sich gleich ein zweiter – ich bin nicht allein. Emilia schreckt neben mir auf, greift zur Seite, nimmt ihr Handy ans Ohr und der Krach verstummt. Ein Anruf.

»Daniel ...«

»Was soll der Scheiß, Lili?!«

Der Hörer ist so laut eingestellt, dass ich jedes Wort verstehen kann. Ich ziehe die Decke über die Schultern, lehne mich wieder zurück ins Kissen und lausche gespannt.

»Wie kannst du einfach abhauen?!«

»Ich habe dir doch eine Nachricht geschrieben.«

»Ja! Dass du bei Katinka bist. Großartig, vor allem nachdem

Debora mir erzählt hat, du hättest auf der Fete mit ihr rumgemacht.«

Oh Gott. Schon sehe ich wieder die Bilder vor mir, angefangen beim Tanzen, dann den Stress mit Debora und dann, etwas verschwommen, die Ereignisse der Nacht.

»Daniel, wir haben getanzt... mehr nicht. Warum glaubst du so einer wie Debora?« Sie hat sich auf den Rand des Bettes gesetzt, den Kopf auf die linke Hand gestützt, in der Rechten das Handy haltend.

»Aber schon seltsam, dass ihr den ganzen Abend zusammen abhängt und dann auch noch ohne ein Wort gemeinsam verschwindet.«

»Was willst du jetzt von mir? Es war eine harte Nacht, ich bin völlig K.O. und habe wirklich überhaupt keine Lust, mit dir zu streiten.«

»Ach stimmt, gesoffen hast du ja auch noch!«

Sie seufzt.

»Ey, ich versteh das alles gar nicht, du bist ja wie ausgewechselt! Jetzt pack deinen Kram zusammen, ich komme dich holen.«

»Was?«

»Ich bin in 20 Minuten da und dann kommst du mit mir. Ich will das jetzt klären.«

»Aber – mein Gott. Wie spät ist es denn überhaupt?«

»Wir haben 9:30 Uhr. Um zehn vor zehn kommst du raus.«

Sie setzt das Handy ab, seufzt noch einmal und dreht sich langsam zu mir um. Es scheint nur wenig Licht durch die Vorhänge ins Zimmer, und ich hoffe, dass sie nicht erkennen kann, ob ich fertig aussehe und wie ich mich gerade fühle.

»Hast du ihn gehört?«

144

»Oh ja.« Kurzes Schweigen.

»Ich werde mich dann mal frisch machen.«

»OK. Möchtest du noch einen Kaffee?«

»Das wäre toll.«

So verschwindet sie ins Bad und ich greife schnell nach einem T-Shirt, bevor ich in die Küche wanke. Habe ich das wirklich gemacht? Noch leicht tapsig auf den Beinen, schaffe ich es, ihr einen Kaffee zu kochen und setze mich dann an den Küchentisch. Was für eine Nacht. Debora hat wieder böse Gerüchte in die Welt gesetzt. *Und sie weiß nicht einmal, wie recht sie damit hat.* Mein Gast kommt die Treppe hinunter. Sie hat sich best möglich zurechtgemacht und sieht tatsächlich wieder ganz vorzeigbar aus.

»Danke schön«, sagt sie und setzt sich mir gegenüber. Ich habe ihr noch nicht in die Augen sehen können. Auch jetzt, wo sie mir so unausweichlich gegenüber sitzt, wage ich es nicht. Stattdessen starre ich den Tisch an, als ich sie frage: »Und springst du immer, wenn er ruft?« Das klang provokanter als ich beabsichtigt hatte. Eigentlich bin ich sogar ganz froh, dass durch Daniels Abholaktion diese komische Morgen-Danach-Situation zwischen Emilia und mir schnell aufgelöst wird. Aber Daniels Art zu kommandieren ist einfach unmöglich.

»Nein, nicht immer«, antwortet sie. Sie scheint mich auch nicht direkt anschauen zu wollen. Doch plötzlich sind sie da, die blauen Augen, die meine fixieren und sie sagt: »Willst du, dass ich bleibe?«

Ich fühle mich entwaffnet. Einen Moment schaue ich bloß zurück und weiche ihr dann wieder aus, indem ich mich zum Fenster wende. Ein Auto hält in unserer Einfahrt. »Da dein Freund gerade vorgefahren ist, hat sich die Frage eh erübrigt oder?«

Wortlos trinkt sie ihren Kaffee aus und steht auf. Sofort bin ich unzufrieden mit meiner Antwort, aber sie ist ausgesprochen. Der Moment ist weg. Also begleite ich sie noch zur Tür. Dort hat sie schon die Klinke in der Hand, als sie sich noch einmal zu mir umdreht. Sie setzt an, etwas zu sagen, aber tut es dann doch nicht. Und ich tue es auch nicht.

»Dann bis dann.« Mit diesen Worten öffnet sie die Tür und tritt hinaus. Als sich das Schloss hinter ihr schließt, hinterlässt sie Leere im Haus und Leere in mir. Doch der unrühmliche *Morgen danach* ist vorbei.

Keine weitere Nachricht, kein einziges Wort mehr. Warum eigentlich fehlt mir ihre Handynummer? Sie hat meine. Wieso schreibt sie mir nichts? Zwar wüsste ich auch nicht, was ich schreiben sollte ... Aber ich würde so gerne diese Funkstille durchbrechen. Schließlich ist sie seit dieser Nacht der Mensch, der mir in diesem Leben bislang am nächsten gekommen ist. Ich frage mich immer noch, ob das wirklich passiert ist. Eigentlich kann das nicht passiert sein! Seit Wochen wehre ich mich gegen Deboras Gerüchte, gegen die Blicke der anderen, gegen meine eigenen Sorgen – und dann, eines Nachts, schlafe ich mit Emilia Weidering. Ausgerechnet mit ihr! Nichts hat sich dagegen gewehrt. Nicht ein Gedanke hat mich aufhalten wollen. Alles zog mich zu ihr hin. Zu einem Mädchen. Seit sie dieses Haus verlassen hat, laufe ich wie ein rastloser Wolf hin und her. Schaue aus Fenstern. Trinke Tee. Räume mein Zimmer auf und wasche Wäsche. Gucke alle paar Minuten auf mein Handy, ohne dass es geklingelt hätte. Es kommt keine Nachricht ... Vielleicht hat es ihr nicht gefallen? Vielleicht hätte ich sie bitten sollen, nicht mit Daniel zu gehen. Und dann? Was wäre dann gewesen? Und was bespricht sie nun mit ihm? Was macht sie mit Daniel? Irgendwann kommt meine Schwester nach Hause. Ohne Tobias, Halleluja. Sie findet mich in einem lethargischen Zustand auf dem Sofa sitzend. Ich bin dabei, so zu tun, als würde ich fernsehen, aber ich kann der Serie gar nicht folgen, weil mich mein Kopfkino beschäftigt.

»Schwester, du siehst schrecklich aus. Ach stimmt, ihr hattet ja Weihnachtsfete.«

Ich antworte ihr nicht. Lea setzt sich neben mich. »Sag mal, was ist das da an deinem Auge? Hast du dich geprügelt?«

»Ja. Mit Debora.«

»Nein!«

»Ist nicht weiter der Rede wert.«

Was Lea allerdings nicht davon abhält, mich mit Fragen zu löchern, die ich nur halbherzig beantworte. Irgendwann ist die Inquisition vorbei. Ich überlege, ob ich Milan anrufen soll, aber beschließe schnell, es besser bleiben zu lassen. Er ist ein netter Kerl, aber das will ich ihm nicht zumuten. Was soll ich ihm auch sagen? Du, Milan, ich habe mit Emilia geschlafen und jetzt meldet sie sich nicht mehr... Das ist völlig absurd.

Als meine Eltern nach Hause kommen, lasse ich noch ein gemeinsames Essen über mich ergehen. Allen bestätige ich, dass der Abend gestern gut war, trotz des Zwischenfalls, und dass ich einfach früh ins Bett wolle. Leider finde ich dort keinen Schlaf. Ich wälze mich hin und her und muss ständig daran denken, dass sie hier noch vor ein paar Stunden gelegen hat. Dass ich sie geküsst habe. Und das anders, als ich diverse Jungen vor ihr ge-

147

küsst habe. Es ist eine erschreckende Erkenntnis. Ich muss mich seit Wochen, Monaten – Jahren(?) selbst belogen haben. Bei der ersten Gelegenheit, die sich mir bot, habe ich bewiesen, dass ich sehr wohl auf Frauen stehe. Eindeutiger, als ich mir zugetraut hätte. Genau hier. Und wenn ich ganz ehrlich zu mir bin – hatte sich das nicht abgezeichnet? *Sei ehrlich zu dir, Katinka.* Sich Romeos Text zu merken, wie peinlich! Wie unendlich peinlich ich bin ... Ich schäme mich so. Für alles.

Das Licht ist aus. Die Zimmerdecke ertrinkt im Schwarz. So ist es nämlich: Sie spiegelt mich. Wie sie habe ich mich versteckt. Im Dunkeln. Vor mir selbst und allen anderen. Fing es nicht doch mit Britta an? Ich habe es geahnt, wie alle anderen ja auch. Und dann habe ich es als mein Geheimnis tief in mir eingeschlossen, den Schlüssel weggeworfen und gehofft, einfach neu starten zu können. Kann doch nicht sein, dass ausgerechnet ich unnormal sein sollte. Zwischen all diesen normalen Menschen. Zwischen Lea, Mama und Papa, der Bilderbuchfamilie, zwischen Milan und Katja und Leonie und all diesen netten, stinknormalen Menschen – warum sollte ausgerechnet ich anders sein? Tja und dann kam Debora mit der Brechstange. Mein Geheimnis blieb mein Geheimnis. Und dann kam Emilia. Mit dem Schlüssel. Jetzt lieg ich hier. Die Erkenntnis ist befreit, sie legt sich in all ihrer Schwere und Reichweite über mich wie eine erstickende Decke. Nichts kann mehr so sein wie früher. Aber wie soll es dann sein?

Keine Ahnung wann, aber irgendwann muss ich doch eingeschlafen sein. Mein erster Blick am Sonntagmorgen gilt meinem Handydisplay, welches mich mit blanker Leere begrüßt. Sie meldet sich nicht. Den ganzen Tag nun frage ich mich, was eigentlich schlimmer ist. Dass ich jetzt irgendwie da mit klar kommen muss, unnormal zu sein? Oder dass Emilia mich erst so weit bringt, im wahrsten Sinne alle Hüllen fallen zu lassen und mich dann damit alleine lässt?

»Nur noch eine Woche Schule!«, strahlt Lea mich an, als ich mich im Wohnzimmer neben sie vor den Fernseher setze.

»Eine Woche kann sehr lang sein«, antworte ich.

»Ach was. Da passiert doch nicht mehr viel. Ich freue mich schon so! Tobi und ich haben schon jeden Tag verplant...«

Ich greife nach der Fernbedienung und stelle den Ton lauter.

Also soll es so sein. Ohne ein weiteres Wort von Emilia gehört zu haben, bin ich gezwungen, in die Schule zu gehen, wo wir uns zwangsläufig begegnen werden. Mit einem unbehaglichen Gefühl betrete ich am Montagmorgen das Gebäude. Ich wende den Blick nicht vom grauen Boden ab. Das muss ich auch gar nicht, weil ich den Weg zum Matheraum wie im Schlaf kenne. Bereits am Anfang des Ganges kann ich sehen, dass meine Klassenkameraden vor der verschlossenen Tür des Raumes lungern. In einigem Sicherheitsabstand bleibe ich stehen. Direkt neben der Türe lehnt sie. Sie steht mit dem Rücken zu mir und spricht mit Nicole. Augenblicklich beginnen meine Arme und Beine zu kribbeln. Warum musste es so weit kommen?

»Guten Morgen, Zuckerpuppe.« Milan steht neben mir.

»Morgen«, gebe ich zurück.

»Du bist kreidebleich. Bist du krank?«, fragt er mich und mustert mich mit sorgenvoller Miene.

»Vielleicht.«

»Und du hast da eine Macke an der Augenbraue.« Seine

149

Augen werden groß. In ein paar Worten erzähle ich ihm von der Weihnachtsfeier und spare geflissentlich aus, was danach geschah. Der Mathekauz schließt die Tür auf. Milan und ich betreten den Raum als Letzte. Wie in Trance besetze ich meinen Platz, wohl wissend, dass Emilia mir gegenüber sitzt und kein Hindernis die freie Sicht auf mich nimmt. Ich glaube, ich habe noch nie so konzentriert meine Aufgaben gemacht wie heute. Zumindest tue ich so. Da ich leider immer noch nichts von Funktionsrechnung verstehe, bleibt es bei ein paar Ansätzen, die ich zu Papier bringe.

»Tinka? Ich werde das Gefühl nicht los, dass du heute komisch bist«, spricht mich Milan irgendwann an.

Ich fürchte auch, dass es offensichtlich ist. Aber ich kann ihm nicht sagen, was passiert ist. Ich kann es ihm genau so wenig sagen, wie ich Emilia anschauen kann. Es ist so peinlich. Also schüttle ich mit dem Kopf und deute auf mein Matheblatt. »Ich glaube, ich verstehe es fast«, lüge ich und versuche weiter mich auf die Zahlen zu besinnen.

Nach dem Klingeln sind Milan und ich die Ersten, die aus dem Raum türmen. Heute habe ich nur noch ein Fach mit ihr. Das werde ich ja wohl schaffen.

»Bitte, Milan, bleib bei mir, bis es klingelt...« Wir stehen vor dem Klassenraum, in dem Geschichte stattfindet, und ich greife flehend seinen Arm. Ich brauche ihn wie ein menschliches Schild.

»Ich muss zu Physik.«

»Ich weiß. Aber bitte. Setz dich eben noch zu mir rein.«

Verwirrt folgt er mir in den Raum, wo ich meinen Platz in der letzten Reihe einnehme. Emilia und Nicole sitzen bereits ganz vorne. Milan lehnt sich an meinen Tisch und folgt meinem Blick. »Ach, mit der wollte ich eh noch sprechen«, sagt er und macht sich gleich auf.

»Was? Nein! Warte!«, versuch ich ihn noch aufzuhalten, doch da schlängelt er sich bereits durch die Reihen nach vorne und stellt sich vor Emilias Tisch. Großartig. Ich kann nicht verstehen, was sie sagen, aber ich sehe ihn lachen. Nicole dreht sich zu mir um. Schnell tu ich so, als würde ich in meinem Mäppchen irgendetwas suchen. Dann schellt es und Milan kommt zurück gewatschelt.

»Du hast mir gar nicht erzählt, dass ihr bei der Weihnachtsfeier zusammen Party gemacht habt«, sagt er und schultert seine Tasche.

»Ist doch total egal, mit wem ich was gemacht habe«, entgegne ich. Vielleicht sollte ich mir das noch ein paar Mal selbst vorsagen. Der Geschichtslehrer betritt den Raum und Milan spurtet los.

»Ja, jetzt aber schnell, Herr Rentsch«, ruft der Lehrer ihm nach, als Milan durch die Tür verschwindet. »Sie sollten ihn nicht so viel an der Leine halten, Katinka!«, sagt er dann grinsend in meine Richtung und alle Köpfe drehen sich zu mir um. Ich lächle matt, laufe rot an und entdecke dann zum ersten Mal seit Samstagmorgen Emilias Blick. Sie schaut mich ausdruckslos an. Innerlich tausend Tode sterbend, wende ich mich wieder meinem Mäppchen zu. Wie soll ich so eine ganze, verdammte Schulwoche überstehen?

Mit dieser Frage im Kopf warte ich auf dem Schulhof auf die letzten Stunden des Tages. Der Himmel ist grau. Das Licht ist trüb. Die Stimmen der Anderen klirren und strapazieren meine

151

ohnehin angespannten Nerven. Hätte sie sich einfach noch einmal gemeldet. Selbst wenn sie mir gesagt hätte, dass das alles ein Versehen war, ein komischer Ausrutscher und nicht der Rede wert – es wäre zwar nicht minder peinlich gewesen, aber ich wüsste wenigstens, woran ich bin. Stattdessen ignoriert sie mich und das fühlt sich viel gemeiner an, viel strafender als alles andere, das ich mir vorstellen kann. Vielleicht sollte ich darüber nachdenken, in den nächsten Tagen krank zu feiern. Ein paar Meter weiter steht Milan bei Jessica. Ich sehe ihm dabei zu, wie er sich unbeholfen am Kopf kratzt, viel zu viel lacht und nickt. Immerhin hat er es geschafft, dass sie miteinander reden. Vielleicht wird sogar etwas daraus. Ich würde es ihm gönnen.

»Hallo, Tinka.« Der Schreck fährt mir durch Mark und Bein. Neben mir steht Emilia. Ihre Hände sind vergraben in den Manteltaschen, die Augen schauen mich aus dem halb vom Schal verhüllten Gesicht an.

»Hallo«, erwidere ich leise.

»Alles in Ordnung?«, spricht sie dumpf durch den Schal.

Was will sie darauf denn hören? »Alles bestens«, spule ich wie automatisch ab. Schon weiche ich ihrem Blick aus. Ich weiß überhaupt nicht, was ich mit ihr sprechen soll. In meinem Kopf versagt das Kommunikationssystem.

»Wie geht es dem Auge?«, fragt sie.

»Verheilt.«

»Hast du noch einmal was von Debora gehört?«

»Nein.« Verdammt noch mal, was soll das hier werden? Ich stehe auf. »Weißt du, Emilia, ich habe überhaupt keinen Bedarf an Smalltalk.«

»Du scheinst überhaupt keinen Bedarf zu haben, mit mir zu

152

sprechen.«

»Wer hat sich denn hier bei wem nicht mehr gemeldet?«

»Hast du dich denn versucht zu melden? Und wer hat wen weggeschickt?«

»Daniel hat dich doch abgeholt. Ich hoffe, es ist noch schön gewesen.« Ich beiße mir auf die Zunge; das klang zu bitter. Sie schaut mich nur an und antwortet nichts.

Da taucht ihr Schatten Nicole neben ihr auf: »Mir ist definitiv zu kalt hier draußen, lass uns rein gehen.« Sie hakt sich bei Emilia unter, die mich immer noch wortlos anschaut. Na was denn? Was hat sie denn bitte gedacht, was ich sagen würde? *Oh Emilia, ich habe so gelitten wegen dir und ständig auf eine Nachricht gewartet, weil das alles nicht spurlos an mir vorbeigegangen ist und ich befürchte, dass ich mich...* Das kann sie absolut vergessen, so etwas werde ich nicht sagen.

»Wir müssen noch einmal reden, Katinka«, sagt sie dann.

»Wir reden doch.«

»In Ruhe«, setzt sie nach.

Ich atme ein, ich atme aus. »Wann?«, frage ich schließlich, vielleicht immer noch etwas zu schnell.

»Sobald es geht.«

»Heute nach der Schule?«

»Ich habe Kostümprobe...«

»Morgen?«

Sie nickt. Nicole zieht an ihrem Arm und schaut mich giftig an. »Ciao dann«, sagt sie. Emilia dreht sich mit Nicole um. Während sie im Schulgebäude verschwinden, atme ich tief ein und aus. Mein Puls kommt langsam runter.

Nie habe ich das Training so vermisst wie heute. Wie gerne

würde ich an diesem Nachmittag über die Folterbahn rennen und mir freudig die Lunge aus dem Hals hecheln. Wie gerne würde ich gar Debora begegnen, wir könnten uns ruhig noch einmal schlagen, ich glaube, es würde mir richtig Spaß machen. Es würde mich ablenken. Aber nein, es ist ja Winterpause. Der Sportplatz liegt brach. Und ich bin allein mit meiner Grübelei wegen morgen. Sie will mit mir sprechen. Immerhin. Warum sie das nicht direkt Samstag oder Sonntag wollte, keine Ahnung, aber immerhin – sie hat mich heute angesprochen. Das ist ein gutes Zeichen. Aber was werde ich ihr sagen? Was wird sie mir sagen? In meinem Kopf spielen sich zwei Szenarien ab. Entweder sie wird mir sagen, dass das alles ein großes Missverständnis ist und dass wir es vergessen sollten. Oder sie sagt mir, dass da tatsächlich irgendetwas zwischen uns ist. In beiden Fällen werde ich heillos überfordert sein.

Also betrete ich die Schule am nächsten Tag völlig unvorbereitet und nicht weniger nervös als gestern. Meine Hände kribbeln, mein Herz flattert. Es ist, als wäre es ein entscheidender Tag. Der Tag, der über Sieg oder Niederlage entscheidet. Über Leben und Tod. Sein oder Nichtsein. Voller überschüssiger Energie starte ich mit dem Sportunterricht, dem Emilia nicht beiwohnt. Wir werden uns erst wieder in Deutsch begegnen. Beim Sport kann ich noch einmal versuchen, einen klaren Kopf zu bekommen, aber zu meiner Ernüchterung begrüßt uns der Lehrer mit folgenden Worten: »Da es die letzte Stunde vor den Ferien ist, spielen wir heute nur Brennball.« Es gibt kein Spiel, das ich mehr hasse. Zwei Sekunden nach meinem ersten Versuch, den Ball weiter als zwei Meter zu werfen, schreit mir schon irgendeine hitzige Stimme nach: »Verbrannt!« Frustriert stelle ich mich

154

wieder hinten an.

»Ein Gesicht wie sieben Tage Regenwetter«, sagt Milan später auf dem Weg zum Deutschraum.

»Ich hasse Brennball.«

»Ich weiß. Ich glaube aber, du bist nicht nur deswegen so komisch. Du denkst doch nicht immer noch über Debora nach? Wegen Freitag? Mann, ich habe echt gedacht, mit der Julius-Geschichte hätte sich das erledigt.«

»Nein. Eher im Gegenteil.«

»Du solltest nicht zu dringend einen Freund wollen.«

»Wer hat denn gesagt, dass ich überhaupt einen Freund will?«

Wir nehmen Platz. Noch fünf Minuten bis zum Unterrichtsbeginn, fast alle haben bereits ihre Plätze eingenommen. Vorne in der ersten Reihe sitzt Nicole, ganz in Weiß, mit großen, pinken Kreolen an den Ohren. Alles ganz normal also. Nur wo ist Emilia? Erst denke ich, dass sie sich wohl verspätet, auch wenn das überhaupt nicht so recht zu ihr passen mag. Doch je mehr Zeit verstreicht und auch Frau Galeitis bereits begonnen hat, über Danton zu reden, desto mehr begreife ich, dass sie wohl gar nicht mehr kommen wird. Sie ist einfach nicht da.

Mit dem Klingeln verlassen wir den Raum. Milan redet irgendein Zeug. Ich höre gar nicht richtig zu. Viel zu sehr beschäftigt mich der Gedanke, dass ich mich so verrückt gemacht habe wegen heute, und sie jetzt einfach nicht hier ist. Von wegen Tag der Entscheidung. Alles bleibt im Ungewissen.

»Kann ich dich kurz sprechen?« Nicole lehnt an der Wand neben der Tür und schaut mich auffordernd an. Ich tausche einen kurzen Blick mit Milan aus, der dann allein weitergeht. Neugierig und doch beunruhigt wende ich mich Nicole zu, die kaugummikauend auf ihrem Handy herumtippt.

»Was gibt es?«, frage ich. Sie hebt den Kopf, packt ihr Handy weg und verschränkt die Arme.

»Lili ist krank.«

»Dachte ich mir schon.«

»Sie hat eine Erkältung und will, dass das bis Samstag weg ist.«

»Verstehe.«

»Aber da ihr reden wolltet, schickt sie mich.«

Nicht wirklich, oder? Mein Blick prüft Nicole auf Anzeichen für eine Lüge. Als würde Emilia sie vorschicken. Bei so einer privaten Angelegenheit.

»Es ist schnell gesagt«, fährt Nicole provokant schmatzend fort. »Vergiss es einfach.«

»Hm?«

»Vergiss das mit euch.«

»Bitte?« Emilia hat ihr doch nichts erzählt? Wie könnte sie ausgerechnet Nicole etwas erzählen?

»Ganz ehrlich, Katinka, denkst du denn, das hätte irgendeine Zukunft mit euch?«

Oh Gott. Sie weiß es. Sie weiß es tatsächlich. Und wenn sie es weiß, dann weiß es bald jeder. Und dann ist alles aus und vorbei, die Leute können mir endgültig den Stempel aufdrücken, die Schubladen öffnen und mich in ihnen verschließen.

»Tu dir, ihr und allen anderen den Gefallen und lass deine komischen Sachen sein.«

»Meine komischen Sachen ...«

»Du weißt, was ich meine. Mit Mädchen rummachen.«

Boden, bitte tu dich auf, lass mich in dir verschwinden.

156

»Lili hat seit zwei Jahren einen Freund, sie lieben sich und was auch immer ihr zwei da gemacht habt, es ist vorbei.« Eisblaue Augen durchstechen mich.

Ich bin regungslos.

»Gut. Das war es auch schon«, säuselt sie und dreht sich an mir vorbei. »Schönen Tag noch.«

Das Klackern ihrer Schuhe verhallt Schritt für Schritt den Gang entlang.

»Apathisch. Das ist das Wort!« Milan steht mit mir an der Bushaltestelle. »Du bist den ganzen Tag völlig apathisch. Ich spreche mit dir, erzähle dir einen Witz nach dem anderen und du starrst einfach vor dich hin.« Er winkt mit seiner Hand vor meinem Gesicht. »Hallo? Muss ich mir wirklich Sorgen machen?«

Ich seufze.

»Sag mal, Tinka, fängst du gerade an zu weinen?«

»Das kommt vom Wind.« Schnell wische ich mir über die Augen. Scheiße.

»Du hast bestimmt deine Tage.«

»Milan ...«

»Ja?«

»Ach. Egal.«

Ich kann nicht. Ich will auch gar nicht darüber reden. Zu unangenehm ist das Thema, zu erniedrigend die Abfuhr. Ich kann niemanden fragen, ob er glaubt, dass Nicole die Wahrheit gesagt hat. Und selbst, wenn sie nicht die Wahrheit gesagt hat, selbst, wenn sie sich das gerade alles aus den Fingern gesogen hat – sie weiß von Emilia und mir. Sie kann es nur von Emilia selbst haben. Die Ausmaße dieser Katastrophe erscheinen mir minüt-

157

lich schlimmer.

»Hast du heute was vor, sollen wir noch was machen?« Milan ist so nett, so bemüht. Aber er kann mir nicht helfen.

»Ich glaube, ich muss ganz dringend nach Hause. Mir geht es wirklich nicht gut.«

»Wenn etwas ist... Du weißt, dass du auf mich zählen kannst?«

Ich ringe mir ein Lächeln ab. Nicke. Eisiger Wind pfeift uns um die Ohren. So ein ekelhafter Tag.

»Mit Jessica läuft es übrigens ganz gut«, sagt Milan dann.

»Ja? Tut mir leid, dass ich dich irgendwie nie danach frage...«

»Nein, ist doch OK. Ich will auch gar keine Wasserstandsmeldungen abgeben. Aber gestern war es echt nett. Ich habe mir beim Umziehen den Ärmel meines Kostüms eingerissen, peinlich war das. Aber dann kam Jessica und hat ihn wieder drange näht. Total süß.«

»Freut mich.«

»Ja. Ich weiß aber, dass sie nur kam, weil Emilia sie geschickt hat.«

»Ah ja.«

»Ja. Die hat irgendwie gecheckt, dass ich auf Jessica stehe. Aber Mann, Emilia ging es echt dreckig gestern. Hatte Halsschmerzen und saß nur da. Sie hat uns zugesehen und sich Notizen gemacht.«

»Tja.«

In diesem Moment kommt mein Bus und ich bin froh. Ich gönne Milan sein Glück von Herzen, aber ich kann mir das jetzt nicht anhören. Genau so wenig, wie ich Lea und Tobias nun ertragen kann. Sie räkeln sich auf dem Wohnzimmersofa, als ich hereinkomme. Schnell in mein Zimmer. Tür zu. Abschalten. Wenn ich das nur könnte. *Lili hat seit zwei Jahren einen Freund...* Ja, ach! Wie könnte ich das vergessen! Ihren tollen, asozialen Freund mit der großen Klappe und wenig dahinter. *Was auch immer ihr zwei gemacht habt, es ist vorbei.* Wie kann sie nur. Wie kann sie nur mit Nicole darüber reden und wie kann sie mich nur so behandeln? Es macht keinen Sinn für mich. Gestern wollte sie unbedingt, dass wir miteinander sprechen und heute kommt raus, dass sie mich wohl nur demütigen will. Anscheinend. Wenn dem nicht so wäre, gäbe es genug Mittel und Wege, mich zu erreichen. Aber sie meldet sich nicht. Hat sich nie gemeldet. Die vergangenen Wochen waren gekennzeichnet von gescheiterter Lebensführung. Angetrieben von falschen Vorstellungen. Gehetzt von realitätsfernen Erwartungen. Der Spiegel wirft mein Bild zurück. In meinem verdunkelten Zimmer sieht mein Gesicht richtig furchig aus. Wie durchgeprügelt. Und so hart. Tja. Zum ersten Mal sehe ich also klar. Wir sind alle falsch. Debora, out and proud: eine unberechenbare Schlägerbraut. Julius, reich und wohlerzogen: ein Player, frei von Einfühlungsvermögen. Emilia, das anständige Mädchen: die feige Schlange, die ihre, ich lache mich schlapp, ach so liebe Freundin vorschickt, um ihren Mist zu klären. Und natürlich Kapitänin Katinka. Die verklemmte Lesbe, die im Selbstmitleid ertrinkt.

Ich schleppe mich bis zum letzten Schultag durch die triste Monotonie. Emilia war weder Mittwoch noch Donnerstag anwesend. Das war das einzige Vorkommnis beider Tage, das mich immerhin für ein paar Sekunden zufrieden stellen konnte. Ich will sie nicht mehr sehen müssen. Am liebsten nie mehr. Reicht schon, dass ich jeden Tag Nicole begegne, die immer so übertrieben fröhlich ist. Ständig höre ich sie irgendwo kichern. Ansonsten ignorieren wir uns gegenseitig, ganz so, wie es früher immer war, bevor wir durch unglückliche Umstände einander wahrnehmen mussten. Immerhin habe ich die Hoffnung, dass sie die Klappe hält. Anders als bei der Geschichte mit Debora hat mich niemand auf irgendetwas angesprochen oder seltsam angesehen. Ich muss nur noch diesen einen Schultag überstehen, dann kann ich in die Ferien fliehen und loslassen. Vergessen.

Ich hatte schon befürchtet, dass Emilia am Freitag wieder da sein würde und in der ersten großen Pause sehe ich meine Befürchtungen erfüllt. Sie steht mit Nicole auf dem Schulhof. Mein Plan ist es, sie einfach wie Luft zu behandeln. Zielgerichtet laufe ich auf die Gruppe um Katja herum zu, reihe mich ein und beteilige mich lose an ihrem Gespräch über unser Biologie-Thema. Ich zwinge mich, bloß nicht den Blick über den Schulhof schweifen zu lassen. Nein. Die Blöße gebe ich mir nicht mehr. Den Rest des Tages hefte ich mich wie gewohnt an Milan und habe Glück, Emilia nur in der letzten Stunde des Tages im selben Raum wissen zu müssen. Da sie zwei Reihen vor mir sitzt, bemerkt sie nicht, wenn ich sie manchmal ansehe, ihr böse Blicke sende und stumme Fragen stelle. So vergeht auch diese Stunde. Mit dem Schellen verlasse ich den Raum und das Gebäude Richtung Freiheit. Beim Übertreten der Schwelle fühlt es sich wirklich erlösend an.

»Ferien!«, ruft Milan laut in die klirrendkalte Luft, während wir über den Schulhof zum Tor gehen.

»Ich bin so froh, Milan.«

»Ich auch. Jetzt muss nur noch der Tag morgen rumgehen,

160

dann ist alles gut.«

Ach ja. Die Theatervorstellung.»Ich weiß noch nicht, ob ich komme«, sage ich.

»Wie bitte?«

»Du weißt, dass ich nicht so auf Theater stehe. Ich brauche das nicht.«

»Aber du hast eine Karte für lau bekommen und ich, dein bester Freund, trete dort auf.«

»Ich weiß.«

»Mach keinen Scheiß, du kommst da hin.«

In diesem Moment sehe ich das Grüppchen vor dem Schultor. Wie gemein. Ausgerechnet Daniel, Emilia und Nicole stehen dort, bedrohlich wartend auf wer weiß was, und ich muss an ihnen vorbei. Angst steigt in mir hoch. Angst vor dieser Gruppe und vor dem, was sie über mich wissen. Ich kann sie lachen hören. Mit langsam werdenden Schritten nähere ich mich. Gerade als ich meinen Blick starr nach vorne auf den Boden richten will, treffen mich Nicoles Augen. Sie zieht die Augenbrauen hoch. *Zeig dich ungerührt, Tinka.* Daniel legt einen Arm um Emilia. Ob er weiß, was seine Freundin mit mir gemacht hat? Ach ja, das findet er wahrscheinlich nur geil.

»Schöne Ferien, Katinka!«, schlägt mir all sein Hohn entgegen, als wir gerade auf ihrer Höhe sind. Ehe ich mir auf die Zunge beißen kann, raune ich:»Halt die Klappe.«

Er lacht:»Werd erwachsen!«

Ich bleibe auf der Stelle stehen:»Das sagt ja der Richtige.«

Milan bleibt neben mir stehen und schaut verwirrt von mir zu Daniel und wieder zurück. Ich weiß, dass Daniel mich nur provozieren will, aber so wie er hier steht, wie alle zusammen hier

161

stehen, kann ich mich einfach nicht beherrschen. Er grinst mich schon wieder mit einer gewaltigen Ladung Arroganz im Blick an und presst Emilia dabei an sich. Ja, komm, zeig mir, wer hier zu wem gehört. Emilia, die vorher nicht wusste, wohin sie schauen sollte, guckt mich plötzlich an. In mir zieht sich alles zusammen. Jetzt bemerke ich auch Nicoles Blick.

»Hört auf, mich so anzuglotzen. Ihr alle!«, entfährt es mir laut.

»Tinka ...«, höre ich Milan leise. Er greift mich am Arm.

»Kümmert euch um eure heile Welt und sprecht mich nie wieder an«, sage ich fest und bestimmt. Immer noch grinsend, schüttelt Daniel den Kopf. Nicole guckt zu Boden. Emilia runzelt die Stirn und schaut mich fragend an. Was gibt es daran nicht zu verstehen? Sie löst sich aus Daniels Arm.

»Bleib mal schön da«, sage ich und nagle sie mit meinem Blick fest. »Ihr passt so gut zusammen.«

Ein paar Herzschläge lang sehen wir uns an. Dann drehe ich mich um, ziehe Milan mit mir und schlucke bitteren Ärger hinunter.

Heulkrampf. Heiße Tränen rinnen mir in Strömen über die Wangen. Wie betäubt bin ich in den Bus gestiegen und nach Hause gefahren, geradewegs in mein Zimmer gelaufen, habe die Tür verschlossen und bin auf mein Bett gefallen. Wie leblos liege ich da und starre vor mich hin, ohne etwas zu sehen. Bis die Welle mich erfasst. Die ganze Zeit hatte sie sich aufgebaut und dann überrollen mich meine Tränen, meine Wut und meine Verzweiflung und lassen mich nicht mehr los. Ich weiß nicht, wie lange ich hier schon so liege. Ich will nicht auf die Uhr sehen, ich will nicht aufstehen, ich will gar nichts. Das ist der Moment, in dem ich einfach aufgebe. Der Moment, in dem ich der Welt zu ihrem Sieg über mich gratuliere. Und das schöne Paar kann nun zwei Wochen lang flittern, während ich mich in meinem Zimmer verkrieche, bis ich anschließend in der Schule wieder abfällige Blicke kassiere. Ich wette, sie lachen über mich. Emilia und Nicole lachen bestimmt genau in diesem Moment darüber, wie naiv sich die Lesbe verliebt hat und wie zimperlich sie mit der Abfuhr umgeht. Wieder schüttelt mich mein Klagen. Wie Elektroschocks durchjagt mich die Wut und bringt mich zum Zittern.

»Was ist denn bloß los?« Ich schrecke auf. Lea kommt herein und schließt sofort die Tür hinter sich. »Tinka...« Sie ist sichtlich betroffen angesichts meines Zustands. »Sag doch was...«

Wo soll ich da anfangen? »Lea ...«, schluchze ich. »Ich bin ein zwischenmenschliches Wrack.«

»Was?«

»Ich bin so... kaputt.«

»Vielleicht kannst du mir einfach erzählen, was denn so Schlimmes passiert ist?«

»Ich weiß nicht, wo ich da anfangen soll.« Sie streicht mir über den Rücken. Langsam klingt mein Schluchzen ab, ich atme etwas ruhiger. »Ich bin kaputt.«

»Warum denn?«

Jetzt ist eh alles egal. »Ich habe Liebeskummer.«

Sie schaut mich mit großen Augen an. »Doch nicht wegen Julius?«

Wieder quellen bittere Tränen aus meinen Augen hervor und ich frage mich, wo die überhaupt noch herkommen. Ich schüttele den Kopf. »Ich wollte mich in ihn verlieben. Ich musste es! Und

163

was mache ich?« Ich boxe in die Bettdecke. »Debora hatte Recht.« Ich kann Lea nicht ansehen, während ich weiterspreche. »Sie hat es irgendwie gewusst, bevor ich es wusste. Sie hat mir irgendwie angesehen, dass ich einen Schaden habe.«

»Du meinst ...«

»Ich bin lesbisch! Ich verliebe mich in Mädchen! Völlig abnormal!« Ich ziehe ein Kissen zu mir herüber und vergrabe meinen Kopf darunter.

»Puh...«, sagt Lea erst einmal nur.

»Findest du mich jetzt ekelhaft?«, frage ich sie durch mein Kissen hindurch.

»Nein«, sagt sie prompt. »Meine Güte, heut sind doch voll viele lesbisch.«

»Wer denn bitte? Kennst du irgendeine persönlich, Lea? Nein? Ich auch nicht.«

»Aber das denkst du nur ...«

»Es ist so furchtbar. Ich will das nicht.«

»Tinka, komm mal runter. Was ist da so furchtbar dran?«

Mit einem Ruck drehe ich mich um und setze mich auf: »Was daran so furchtbar ist? Ich werde mein Leben lang eine Aussätzige sein. Wie soll ich denn so leben können?«

Meine Schwester schaut mich mitleidig an, aber schüttelt den Kopf. Sofort tut es mir leid, sie mit meinen Sorgen zu belasten. Auch ist es mir peinlich, vor ihr so schwach und niedergeschlagen da zu sitzen. Es fühlt sich erbärmlich an. »Komm mal her.« Sie nimmt mich in den Arm. Meine kleine Schwester nimmt mich tröstend in den Arm. Widerwillig lasse ich es zu. Dann schaut sie mich an. »Ich kann verstehen, dass du dir Sorgen machst. Aber vielleicht machst du dir einfach zu viele. Mich stört

164

es nicht. Mama und Papa wird es auch nicht stören.«

»Das ist nett von dir...«

»Ich sage es dir einfach, wie es ist.«

Ich glaube es ihr sogar. Irgendwie ist es auch nie meine Sorge gewesen, dass meine Familie mich nicht verstehen könnte. »Das Problem hier bin einfach ich«, gebe ich mit leiser Stimme von mir. »Mich stört es. Ich will nicht komisch angeguckt werden. Ich will niemandem erklären müssen, dass ich unnatürlich fühle.«

»Ich frage mich wirklich, wo du das her hast. Wer hat dir denn erzählt, dass das unnatürlich wäre?«

»Es liegt auf der Hand.«

Sie seufzt.

»Ich wünschte, ich könnte da cool mit umgehen. Aber seit Wochen gibt es für mich nichts Schrecklicheres als den Gedanken daran, dass ich lesbisch sein könnte.«

»Und du hast da noch mit niemandem drüber geredet?«

»Ich habe es doch selbst erst jetzt kapiert.«

Ein leicht triumphierender Blick schleicht sich auf Leas Gesicht: »Siehst du, du warst doch in Britta verschossen.«

»Lea ...«

»Entschuldige. Aber eines hast du mir noch gar nicht gesagt. Wegen wem hast du Liebeskummer?«

»Das glaubst du mir nie.« Und dann erzähle ich ihr alles. Angefangen bei der Vorabi-Party, über den Videoabend und die Weihnachtsfeier bis hin zu meinem peinlichen Ausraster vor ein paar Stunden. Ich spare nichts aus. »...und dann hat sie mich nur blöd angeguckt, neben sich ihren schrecklichen Freund und ihre ätzende Freundin, und ich kam mir so lächerlich vor.«

165

»Oh je. Da hast du aber eine ganz Komische erwischt...«, kommentiert Lea die Erzählung.

»Das war mir irgendwie schon immer klar. Aber ich hatte keine Ahnung, dass sie ... so sein kann.«

»Man kann den Menschen nur vor den Kopf gucken.«

Traurig aber wahr. »Was mache ich jetzt nur, Lea. Was soll ich jetzt bloß machen?«

»Naja...«, sagt sie nachdenklich. »Wenn du etwas unternehmen möchtest, bleibt nur der Angriff.«

»Wie meinst du das?«

»Naja, du sagst, du seist verliebt. Und wie ich das verstanden habe, hat sie dir persönlich noch überhaupt nichts dazu gesagt. Vielleicht ist sie einfach scheiße. Aber vielleicht ist das auch alles nur ein großes Missverständnis.«

»Was kann man da missverstehen?! Sie hat Nicole geschickt, um mich abzuservieren. Und heute stand sie da mit Daniel. In trauter Eintracht.«

»Es ist definitiv schwierig. Aber wenn du verliebt bist...«

»Ich will mich nicht noch weiter blamieren.«

»... vielleicht solltest du doch noch einmal mit ihr reden.«

»Weil ich kaum noch tiefer sinken kann, oder was?«

»Weil das die einzige Chance ist, noch irgendetwas zu retten.«

»Es gibt nichts zu retten. Da war nie irgendetwas, das man jetzt retten könnte.«

»Nein, du bist ja bloß zum ersten Mal in deinem Leben verknallt! Das ist ja nichts!« Sie schaut mich kopfschüttelnd an.

»Was schlägst du mir denn vor?«, frage ich.

Lea springt auf, stellt sich vor mich, ballt die Faust: »Geh

166

kämpfen, verdammt nochmal! Geh da hin, sag ihr, was Sache ist und mache keinen Rückzieher mehr!« Lea, der Liebesritter. Verunsichert von so viel Tatendrang schaue ich sie unschlüssig an.

»Und dann?«

»Und dann? Was und dann?«

»Selbst, wenn das irgendwie helfen würde, selbst, wenn sie mir dann um den Hals fiele und mit Daniel Schluss machte – was kommt dann? Dann treffe ich sie heimlich, abends im Dunkeln und tue tagsüber so, als wäre alles cool und ich stockhetero?«

»Katinka Ebbers, du machst mich irre!« Sie packt mich an den Schultern. »Bist du zum ersten Mal in deinem Leben so richtig verknallt? Hast du Schmetterlinge im Bauch, wenn du an sie denkst und kriegst du weiche Knie, wenn ihr euch näher kommt? Brennt alles in dir, wenn du sie mit jemand anders siehst? Wünscht du dir nichts sehnlicher, als dass du sie für dich hast, dass sie glücklich ist und ihr Lächeln nur dir gilt? Bist du verliebt, Tinka?«

Ja. Meine Schwester schaut mich so durchdringend an, so entschlossen, so wissend – »Ja«, versichere ich ihr.

»Dann hör auf zu fragen, was dann kommt! Es ist nichts unwichtiger in diesem Moment, als das, was dann kommt! Es wird sich ergeben. Es ergibt sich immer etwas. Aber zuerst musst du es auch zulassen.«

Die Worte meiner Schwester hallen in mir nach. Ich bin ganz ruhig. Innerlich wie äußerlich.

»Wenn du es nicht zulässt, wird es auch nie geschehen«, höre ich Lea sagen.

Vor meinem inneren Auge entstehen Bilder. Lili. Ich. Daniels hämisches Grinsen. Lea hat leicht reden. Sie hat das alles nicht mitmachen müssen und sie muss sich auch zukünftig nicht den Blicken und Lästereien der Anderen aussetzen. Die Einzige, die sich hier einem Risiko aussetzen und mit den fatalen Konsequenzen leben muss, bin ich.

»Ich werde sie vergessen. Ich werde die ganze Geschichte vergessen. Es sind Ferien. Nächstes Jahr wird alles besser«, beschließe ich laut.

Leas runde Kulleraugen sehen mich mitleidig an. »Sicher?«

Ich nicke. »Dein Glaube an Liebe und Romantik in allen Ehren ... Ich habe ihn nicht. Danke dir trotzdem.«

FÜNFTER AKT

Am Samstagmittag weckt mich mein klingelndes Handy. Milan.

»Morgen ...«, hauche ich in den Hörer.

»Morgen? Wir haben 13 Uhr!«

»Keine Ahnung.«

»Warst wohl lange wacht gestern?«

»Ich konnte nicht gut schlafen.«

»Hm.«

Alle tauben Gefühle vom Vortag kehren wieder zurück.

»Warum rufst du denn an?«

»Ich wollte dich daran erinnern, dass du unbedingt kommen musst.«

Heute ist der 22. Dezember. Heute Abend ist die *Romeo & Julia* Aufführung unserer Theatergruppe im Rathaus-Theater. Und ich habe eine Karte dafür. »Milan...«, beginne ich gerade meine Absage zu formulieren, doch er unterbricht mich: »Ich habe schon gemerkt, dass du Ärger mit der Weidering-Clique hast. Ich bin ja nicht blöd. Aber vor denen musst du doch keine Angst haben!«

»Als wäre das wegen denen...«, versuche ich, kühl zu klingen.

»Komm. Bitte. Für mich.«

»Ich überlege es mir.«

»Bitte.«

»Ja.«

Wir legen auf. Heute Abend ins Theater? Lieber nicht. Ich verbringe den Tag im Bett. Als es bereits wieder dunkel wird, klopft meine Mutter an die Tür.

»Du solltest dich gleich mal fertig machen«, sagt sie.

»Ich gehe nicht.«

»Was?«

»Ich gehe nicht dahin.«

Meine Mutter blinzelt mich an. »Du hast doch diese Karte geschenkt bekommen?«

»Ja. Und?«

»Und jetzt willst du sie einfach verfallen lassen?«

»Ja.«

Sie stemmt die Fäuste in die Hüften. »Katinka, ich fange an, mir um dich Sorgen zu machen«

»Musst du nicht.«

»Du lässt dich richtig hängen.«

Ich drehe mich auf die Seite. Meine Mutter steht noch eine Weile in meiner Tür, dann höre ich, wie sie sie wieder schließt. Warum sollte ich mir Emilias Vorführung ansehen? Womöglich treffe ich dort nur auf mir verhasste Menschen. Das muss doch nicht sein. Plötzlich fliegt meine Tür auf, das Licht geht an.

»Zieh dich um, wir fahren gleich«, donnert mein Vater streng. Zutiefst erschrocken erblicke ich ihn, wie er im Türrahmen steht.

»Was soll das?«, frage ich verdattert.

»Du kommst jetzt mit.«

»Wieso?«

»Weil wir es so sagen. Jetzt mach hin!« Und schon fliegt meine Tür wieder zu. Das letzte Mal, als mein Vater so einen Ton mir gegenüber angeschlagen hat, war, als ich eine Fünf in Deutsch nach Hause gebracht habe. So spricht er nur, wenn er wirklich sauer ist. Immer noch erschrocken, richte ich mich langsam auf. Ich bin kein kleines Kind mehr, dem man sagen kann, was es tun und lassen soll. Und trotzdem bin ich jetzt zutiefst verunsichert. Bin ich so ein kläglicher Anblick, dass meine Eltern schon so mit mir reden müssen? Ich ziehe mich an. Binnen zwanzig Minuten bin ich geschminkt, gepudert und bereit, zur Schlachtbank geführt zu werden. Denn so ungefähr fühle ich mich, als ich mit meinen Eltern im Auto sitze und zum Theater fahre. Dort angekommen, bin ich sprachlos angesichts der Menschenmassen. Das Rathaus-Theater ist voll. Unsere kleine Theatergruppe hat es wirklich geschafft. Applaus, Emilia...

In dem mit rotem Samtteppich ausgelegten Foyer treffen wir auf Milans Familie und die Eltern beginnen gleich ihr übliches Gequatsche. Ich stehe ruhig daneben. Schaue mir mit leerem Blick die Leute an. Ein paar davon kenne ich vom Sehen, die meisten aber sind mir unbekannt. Daniel ist da. In einem schwarzen, perfekt sitzenden Anzug gekleidet, steht er mit seinem Vater drüben an der Bar. Den kenne ich vom Fußballplatz. Die blonde Frau daneben wird sicher seine Mutter sein. Es würde mich wundern, wenn nicht auch ... Ja. Ein paar Grüppchen weiter entdecke ich auch Nicole. Es ist sehr gut geheizt in diesem Raum, aber ich habe das Gefühl, meine Körpertemperatur sinkt augenblicklich unter den Gefrierpunkt. Ein schwerer, parfümierter Duft schwebt im Raum. Es ist wie in einer Scheinwelt hier. Alle versammeln sich in ihren besten Kleidern, um sich eine berühmte, gänzlich ausgedachte Geschichte anzugucken. Nach diesem Abend gehen sie alle wieder nach Hause und sind wieder einfache Leute ohne große Geschichte. Gefangen in ihrem beschaulichen Alltag. Ständig bemüht, den ewigen Ablauf zu wahren. So wie ich. Auch ich bin völlig sinnlos aufgetakelt. Auch ich schaue mir gleich eine große Geschichte an und frage mich, wo meine bleibt. Und am Ende sterben alle.

Mit meinen Eltern begebe ich mich in den Theatersaal. Zwar bin ich schon einmal hier gewesen, aber erst bei dieser Beleuchtung fällt mir auf, dass er wunderschön ist. So prunkvoll, rot und golden ausgelegt, mit kleinen Balkönchen über uns. Meine Eltern sitzen auf der linken Seite, ich dagegen sitze auf der rechten, zwei Reihen weiter vorne. »Viel Spaß!«, flötet meine Mutter mir hinterher, als ich gehe, um meinen Platz zu suchen. *Werde ich nicht haben*, denke ich und lächle.

Der Vorhang geht auf, das Stück beginnt. Schon nach ein paar Minuten wird klar, dass die Kooperation wirklich gelungen ist. Ein aufwändiges Bühnenbild begleitet unsere Schulkameraden, die zwischen all dem Pomp überhaupt nicht mehr wie Jugendliche wirken. Milan ist gleich in einer der ersten Szenen zu sehen. Natürlich erkenne ich ihn wieder, aber es ist trotzdem schwierig, sich vorzustellen, dass er es ist. So sehr ist er Benvolio, so sehr ist er in seiner Rolle. Auch Nico spielt den Romeo ganz hinreißend. Wie viel Talent doch in allen steckt, sich zu verstellen. Dann tritt Julia auf. Obwohl ich weiß, dass sie mich bei all dem Scheinwerferlicht niemals hier hinten erspähen könnte, rutsche ich automatisch ein wenig tiefer in meinen Sitz. Bei der Balkonszene bin ich besonders angespannt. Sie haben ihr wirklich einen kleinen Balkon gebaut. Dort steht sie, schaut verträumt zur dunklen Theaterdecke hinauf und spricht ihren Text. Einwandfrei. Romeo betritt die Bildfläche. Sie beteuern sich ge-

172

genseitig ihre Liebe. Vor meinem inneren Auge sehe ich mich vor ihrem Balkon stehen. Wie sehr ich mich jetzt dafür schäme. Zwischen den Szenen mit ihr plätschert das Stück nur so dahin. Sie beenden die erste Hälfte mit der Hochzeit. Nico nimmt ihre Hände in seine und drückt ihr dann einen schüchternen Bühnenkuss auf den Mund. Niedlich. Wäre ich Romeo und das dort meine Julia, ich wäre intensiver, einnehmender, auskostender gewesen. Aber ich bin es nicht, weiß Gott, ich bin kein Romeo, auch wenn ich den Text ganz gut kann.

In der Pause liegt mir ein bitterer Geschmack auf der Zunge. Meine Mutter gibt mir ein Kaugummi, während sie redet und redet und ich mich wundere, dass sie überhaupt noch Zeit zum Atmen findet, so überschwänglich und ausgiebig lobt sie die Umsetzung dieses Stücks. »Milan ist wirklich überzeugend! Ich würde niemals darauf kommen, dass er vorher noch nicht geschauspielert hat. Aber mein größter Respekt gilt den beiden Hauptdarstellern. Mein Gott, wie viel Text sie auswendig lernen mussten! Sag mal, kennst du die, Tinka?«

»Romeo heißt eigentlich Nico und ist stockschwul.«

Mein Vater sieht überrascht aus: »Wirklich? Ha, das überspielt er ja gut. Wie man bei dem hübschen Mädchen schwul bleiben kann, ist mir allerdings ein Rätsel.«

Mein Kaugummi rutscht mir in den Hals und bringt mich heftig zum Husten.

»Alles gut?«, besorgt klopft meine Mutter mir auf den Rücken. »Also schwul ist man einfach oder man ist es eben nicht. Im Übrigen finde ich die gar nicht so hübsch«, sagt sie zu meinem Vater, während ich nach Luft ringend erröte. »Aber sie spielt schön. Was meinst du, Katinka?«

173

»Ich muss zur Toilette«, krächze ich.

In der zweiten Hälfte sehe ich zu, wie die Geschichte in Tragik ertrinkt. Wie alles, was hätte funktionieren können, schief geht und alle, die man glücklich wissen wollte, sterben. Bei Julias Tod kann man vereinzelt Taschentücher rascheln hören. Sie nimmt den Dolch, spricht ihre letzten Sätze und ersticht sich. Sinkt neben Romeo zusammen. Das Ende des Stücks ist erreicht. Es dauert keine zwei Sekunden, da erhebt sich der ganze Saal zum Schlussapplaus. Emilia strahlt. Es lässt sich nicht treffender beschreiben. Sie strahlt wie ein neu aufgegangener Stern. Den Applaus hat sie sich redlich verdient. Auch ich schlage fester in die Hände, will sie irgendwie wissen lassen, wie gut sie war. Ob ihr in diesem Moment überhaupt klar ist, dass ich hier in der Masse stehe und ihr zu klatsche? Wahrscheinlich interessiert sie das gar nicht. *Wie man bei dem hübschen Mädchen schwul bleiben kann...* Ich drehe mich um und sehe weiter hinten auch meinen Vater freudig klatschen. Ob er im Gegensatz dazu verstehen kann, wie man bei dem hübschen Mädchen lesbisch wird? Meine Mutter zumindest wohl nicht. Der Vorhang fällt, das Licht geht an.

Nachdem wir unsere Jacken an der Garderobe abgeholt haben, gehen wir hinaus, um vor dem Bühneneingang auf Milan zu warten, so wie all die anderen, die scheinbar ebenfalls nach ihren Angehörigen Ausschau halten. Er lässt nicht lange auf sich warten. Als einer der ersten kommt er aus der Tür gestürmt, grinsend wie ein Honigkuchenpferd und fällt als Erstes seiner Mutter in den Arm.

»Du warst so toll!«, lobt sie ihren Sohn, und auch wir anderen stimmen mit ein.

174

»Es hat auch einfach so wahnsinnigen Spaß gemacht. Also am Anfang dachte ich noch, dass ich niemals da raus gehen könnte – aber als ich dann einmal auf der Bühne stand, habe ich einfach meinen Text aufgesagt und alles hat funktioniert.« Dann schaut Milan mich direkt an. Er grinst verschmitzt. »Du, ich habe meine Tasche noch drinnen. Kommst du eben mit?«

Da rein? Das ist keine gute Idee, schließlich lauert dort auch Emilia irgendwo. »Ich weiß nicht, Milan ...«

»Was? Hab dich nicht so, komm!« Er greift mich am Arm und zieht mich einfach mit. Kurz vor dem Bühneneingang lässt er mich los und sagt: »Meine Güte! Ich muss dir eben was unter uns erzählen.« Er öffnet die Tür und scheucht mich hindurch. Dann beugt er sich zu meinem Ohr vor und flüstert: »Jessica hat mir gerade gesagt, dass sie mich kommende Woche noch treffen will.«

»Hey, Glückwunsch, das ist ja super!«

»Ja, nicht wahr? Ich kann mein Glück kaum fassen! Es hat sich alles gelohnt!« Beschwingt hüpft er ein paar Treppenstufen hinunter und ich folge ihm bis auf einen schmalen Gang, an dessen Ende die Hinterbühne beginnt. Auf dem Gang stehen noch ein paar von unseren Schauspielern, klopfen sich auf die Schultern und giggeln. Ich bleibe ganz dicht an Milan dran. Meinen Herzschlag kann ich bis zum Hals spüren, so nervös macht mich der Gedanke daran, dass ich hier Emilia begegnen könnte. Die erste Tür, die wir passieren müssen, ist die der Mädchenumkleide. Ohne, dass ich auch nur einen Blick durch die offenstehende Tür riskiere, ziehen wir vorbei. Die Jungenumkleide ist noch zwei Türen weiter. Milan klopft kurz, öffnet die Tür einen Spalt breit und geht dann rein. Unsicher stehe ich auf dem Gang. Da drin sind noch zwei Jungs und deshalb will ich nicht mit reingehen. Andererseits hasse ich es, hier wie auf einem Präsentierteller zu stehen. Durch die halboffene Tür sehe ich Milan zielsicher auf eine Kommode zugehen, auf welcher Perücken und Schminkkram herumliegen. Er rüttelt an einer Schublade und schlägt sich dann leicht gegen die Stirn.

»Ich bin so blöd!«, sagt er zu mir gewandt. »Ich habe die Tasche eingeschlossen! Klar eigentlich, hier kann man schließlich niemandem trauen. Warte kurz!« Und schon rennt er an mir vorbei, hüpft die Treppen wieder rauf und ist aus der Tür.

Oh nein. Schnell entscheide ich mich, hinterherzugehen, schließlich habe ich keinen Grund, hier auf dem Bühnengang herumzulungern und bin schon auf dem Weg zur Tür – da kommen zwei Personen aus der Mädchenumkleide und die eine ist, mein Herz bleibt stehen, Emilia Weidering. Sie scheint ähnlich schockiert wie ich. Wie angewurzelt stehen wir da und für Bruchteile von Sekunden herrscht peinliches Schweigen, während die andere fragende Blicke zwischen Emilia und mir hin und her wirft.

»Hallo«, sage ich kühl und schiebe höflichkeitshalber ein: »Guter Auftritt«, hinterher.

»Danke«, antwortet Emilia. Ihr Gesicht zeigt keine Regung. »Was machst du hier hinter der Bühne?«

»Milan hat seine Tasche vergessen und ich wollte sie eben mit ihm holen. Aber wie er halt so ist, hat er den Schlüssel vergessen.« *Ich bin nicht wegen dir hier*, schießt es mir durch den Kopf. Ob sie das gedacht hat? Schon trampelt besagter Milan wieder den Gang herunter, wedelt im Vorbeigehen mit dem Schlüssel und verschwindet in seiner Umkleide.

»Ich muss echt los. Hab noch einen schönen Abend, Lili«, sagt das Mädchen und wendet sich nach einer Umarmung zum Gehen. Emilia bleibt einfach stehen. Sie bleibt hier einfach stehen, als hätten wir uns noch irgendetwas zu sagen. Nervös kann man mich jetzt nicht mehr nennen – ich bin eher starr vor Angst.

Sie schaut mich an und sagt:»Ohne dich wäre das mit der Textsicherheit nichts geworden.« Ein zaghaftes Lächeln.

Ich will mich nicht verunsichern lassen.»Du musst jetzt nicht einen auf nett machen.«

Ihr Lächeln erstirbt. Sie atmet laut aus.»Warum bist du so?«, sagt sie dann und sieht dabei fast traurig aus.

Warum bist *du* jetzt so?, sollte ich eher fragen.

»Tun wir jetzt also so, als wäre nie etwas gewesen?«, fragt sie. Wie dreist sie ist. Warum ist denn alles so, wie es ist? Wegen ihr!

»Was hast du dir denn vorgestellt? Möchtest du es gerne rumposaunen? Meinst du, das kommt gut an? Oder warte, möchtest du vielleicht Daniel vorschlagen, dass wir es mal zu dritt machen können?«

Das hat gesessen. Ihr Blick verrät höchste Irritation. Einen Moment scheinen ihr die Worte zu fehlen.»Bitte was?«, kommt es ihr dann über die Lippen.

»Ich verstehe echt nicht, was du willst.«

Emilias Gesichtsausdruck wechselt von ungläubig zu nachdenklich.»Sag mal...«, beginnt sie zögernd.»Kann es sein, dass du den Brief nicht gelesen hast?«

»Den Brief?«

»Ja?«

»Welchen Brief?«

Ich kann sehen, wie ihr langsam die Gesichtszüge entgleiten. »Oh Nein...« Sie schlägt die Hände vors Gesicht. »Der Brief, den Nicole dir geben sollte. Ich fasse es nicht...« Sie sieht verzweifelt aus. Milan kommt mit seiner Tasche in der Hand auf uns zu. »So, jetzt habe ich alles. Gehen wir?« Schweigend verlassen wir allesamt den Bühnenbereich und treten hinaus ins Freie. Unsere Familien stehen immer noch zusammen und unterhalten sich. Milans Vater winkt seinem Sohn und ruft: »Wir haben Hunger, Mann! Geht's jetzt endlich zum Schnitzel?«

»Ja klar!«, ruft Milan und marschiert direkt rüber zu seinen Verwandten, so dass Emilia und ich wieder alleine sind. Ich sehe sie an. »Wir müssen jetzt unbedingt reden«, sagt sie. Das Gefühl habe ich auch. Meine Mutter ruft nach mir: »Tinka! Wollen wir fahren?« Ich schaue sie nur an und anscheinend sieht sie so fort, dass ich gerade sehr beschäftigt bin. Sie kommt herüber und gibt Emilia kurz die Hand mit den Worten: »Oh, unsere Julia! Das war so wunderbar gespielt, ich bin noch ganz hin und weg.« Dann schaut sie mich an: »Willst du nachkommen? Hast du dein Ticket?«

Ich könnte nun nach Hause fahren, Emilia stehen lassen und mich in die Sicherheit fliehen – aber das tu ich nicht. Dann höre ich mich sagen: »Kommt gut nach Hause.« Meine Mutter lächelt und verabschiedet sich. Während meine Familie sich zum Parkhaus bewegt, bleiben wir auf dem Rathausvorplatz stehen. Die Häuser um den Platz sind weihnachtlich geschmückt und beleuchtet.

»Wollen wir ein paar Schritte gehen?«, frage ich. Sie schaut unsicher in Richtung Eingang. »Oder wartest du auf je manden?«

Sie zuckt mit den Schultern »Daniel ist hier.«

Einen Augenblick lang ärgere ich mich, überhaupt geblieben zu sein.

»Aber komm«, sagt sie dann, marschiert los und ich folge ihr.

»Also ... ein Brief?«, beginne ich.

Sie nickt: »Ich habe dir am Montag einen Brief geschrieben, weil ich wusste, dass ich am nächsten Tag nicht zur Schule gehen würde. Und darin habe ich eigentlich alles geschrieben, was ich dir hätte sagen wollen. Und jetzt hast du ihn überhaupt nicht bekommen ...«

»Verstehe ich das richtig – Nicole hat mir den Brief einfach nicht gegeben?«

»So sieht es aus.«

Wir laufen durch die hübschesten Gässchen unserer Stadt. Eigentlich schade, dies in einem derart angespannten Zustand zu tun. Aber gleichzeitig bin ich froh, meinen Blick über die beleuchteten Schaufenster schweifen lassen zu können. Vielleicht kann ich auf diese Weise verhindern, dass Sie meine verwirrte Gemütslage an meinem Gesicht abliest. »Was stand denn da drin«, sage ich schließlich gezwungen ruhig, da ich vor Neugier fast platze.

»Wo fange ich da an...«, seufzt sie. »Im Prinzip steht da drin, dass es mir leid tut, dass ich mich nicht mehr gemeldet habe. Ich hatte etwas Angst vor deiner Reaktion.«

»Kenne ich.«

»Außerdem steht da drin, dass ich mit Julius Streit habe. Genauso wie mit Daniel.«

»Daniel ist doch heute hier?«

»Ja. Es ist kompliziert.«

179

»Warum?«

Sie bleibt abrupt stehen. Etwas überrascht tue ich es ihr gleich. Mittlerweile stehen wir zwischen verwinkelten Häusern in einem weniger belebten Teil der Gassen. Eine einzige Laterne wirft ein mattes Licht. Es ist beinahe unangenehm still hier. Emilias Augen fixieren mich. »Warum Julius nicht mehr mit mir spricht und warum ich ständig Streit mit Daniel habe?«, fragt sie mit leiser Stimme. Fast zerbrechlich, verglichen mit ihrer ausdrucksstarken Stimme auf der Bühne.

Ich nicke.

»Ahnst du das wirklich nicht?«

Mein Körper steht unter Hochspannung. Emilia atmet tief ein, macht einen Schritt auf mich zu, beugt sich langsam vor und kommt mir so nah, dass ich ihre Lippen auf meinen spüren kann. Sie küsst mich. Ganz fest, ganz anders, als damals und auch nicht so lange. Schon lässt sie wieder von mir ab und schaut mich an.

»Deswegen«, flüstert sie kaum hörbar. Es beginnt zu schneien. Es ist, als würde ich mit dem Neuschnee festfrieren und so stehe ich erst einmal nur da, unfähig irgendetwas zu tun oder zu sagen. Bloß meine Augen suchen sofort instinktiv die unmittelbare Umgebung nach möglichen Beobachtern ab und können, Gott sei Dank, niemanden ausmachen. Emilia schaut mich erwartungsvoll an.

»Ich«, setze ich schließlich an, »... ich verstehe das alles nicht.«

»Julius und ich haben wegen dir gestritten.«

Angestrengt versuche ich meine Gefühlswallungen unter Kontrolle zu bringen und rational zu reagieren: »Weil er mich rausgeschmissen hat?«

180

»Auch. Vor allem aber, weil ich ihm schon vorher gesagt habe, dass er dich in Ruhe lassen soll.«

»Hast du uns nicht eigentlich zusammen bringen wollen?«

»Nein.« Aus ihrer Mimik und Gestik spricht leichte Verzweiflung. »Das muss jetzt komisch für dich klingen. Aber ich sage es dir so, wie es ist.« Sie holt tief Luft. »Ich habe ihm anfangs gesagt, dass er dir näher kommen soll.«

»Wie bitte?«

»Ja. Ich habe ihn auf der Vorabi-Party zu dir geschickt. Aber nur, weil ich wusste, dass Julius es mit den Mädchen, mit denen er sich bisher getroffen hatte, noch nie ernst gemeint hat.«

»Was?«

»Ich wollte dich kennenlernen, Tinka.«

Mich fröstelt es. Die ganze Situation kommt mir surreal vor.

»Ich verstehe das nicht«, sage ich mehr zu mir als zu ihr. Langsam fügen sich die Puzzleteilchen zusammen. Sie hat ihn im Club zu mir geschickt ... Und war deswegen ständig bei unseren Dates dabei – weil sie mich kennenlernen wollte?

»Ich weiß, das klingt total seltsam. Aber wenn du es genau betrachtest, ist das gar nicht mehr so seltsam. Solche Sachen macht man schon mal, wenn man jemanden interessant findet.«

Ich nehme ein paar Schritte Abstand und stelle mich unter einen Hausvorsprung. »Emilia – das ist seltsam. Ich bin in deiner Stufe. Es gibt andere Möglichkeiten, mich kennenzulernen, als deinen Bruder auf mich anzusetzen. Und warum überhaupt?«

»Ich wollte zunächst Abstand wahren. Ich wußte nicht, wie du so bist ... Ob du überhaupt *so* bist ... Ach, es klingt so albern, aber weißt du, Tinka, genau das ist mein Problem. Schau mich doch an.« Sie zuckt mit den Schultern, zeigt auf sich selbst und

181

schüttelt den Kopf.»Schau mich nur an. Schau dir einmal mein Leben an. Mich – das perfekte Strebermädchen aus reichem Elternhaus. Ich schreibe die besten Noten, bin Schülersprecherin, soll einmal eine Top-Managerin werden und niemand zweifelt daran, dass es auch so kommen wird. Mein Freund ist ein Schönling, um den mich alle beneiden. Ich führe ein Vorzeigeleben. Aber schau nur einmal hinter die Fassade, dann siehst du, wie erbärmlich das alles eigentlich ist.« Sie spricht sich in Rage.»Ich will es bloß allen Recht machen. Ich hasse Zahlen. Ich will niemals BWL studieren. Ich will auch nicht Papas Firma übernehmen. Aber er interessiert sich nich für mich! Was ich eigentlich mit meinem Leben machen will, ist ihm egal. Er kommt auch nicht zu meiner Theatervorführung. Weil er sie hasst, die Schauspielerei. Er hasst sie seit der Zeit mit meiner Mutter. Und die ist tot. Mein Bruder ist ein verwöhnter Playboy. Meine Großmutter erkennt mich nur an guten Tagen.«

Ich glaube, Tränen über ihre Wange rinnen zu sehen.

»Ich habe nur oberflächliche Freunde. Denk an Nicole! Und meinen Freund liebe ich nicht. Ich glaube fast, ich hatte ihn, weil alle ihn wollten und ich ihn bekam. Er passte ins Bild. In das Bild meines perfekten Lebens. Eigentlich ist da nicht viel dahinter. Nicht mehr als Selbstbetrug.«

Tatsächlich hab ich sie noch nie so gesehen wie in diesem Moment. So aufgelöst, so kaputt und voller Schneeflocken, die sich mit ihren Tränen mischen.

»Und dann habe ich dich gesehen«, spricht sie weiter und wischt sich die Tränen aus dem Gesicht.»Auf dem Fußballplatz. Vorher bist du mir nie so aufgefallen, aber da, da warst du so... in deinem Element. Voller Leidenschaft. Wie du dich und die ande-

182

ren vorangetrieben hast, Kommandos gabst, wie zielsicher du deine Mannschaft angeführt hast.«

Emilia stellt sich neben mich unter den Hausvorsprung. Während sie mich beständig anschaut, wandern meine Blicke die Gasse rauf, runter, in den Himmel, auf den Boden... Und wieder zurück zu ihr.

»Von da an habe ich dich beobachtet.«

Mein Herz pocht.

»Ich sah, dass du ganz anders bist als ich. Dass du ein ehrliches Leben führst. Bodenständig. Natürlich. Und als ich dann hörte, was zwischen dir und Debora vorgefallen war, da wusste ich, dass ich dir näher kommen musste.«

Jetzt kann ich sie nicht mehr anschauen. Augenblicklich habe ich Sorge, dass meine Knie nachgeben könnten, so wackelig fühlen sie sich an.

»Es hat alles funktioniert. Julius hat dich getroffen und ich konnte mich nahezu mühelos dranhängen. Zwischendurch bekam ich Zweifel, ob das überhaupt Sinn hatte – denn mit Julius wurde es ernster. Du hast ihn immer weiter getroffen. Also wollte ich die Reißleine ziehen. Noch vor der Nacht, die du bei mir geschlafen hast, habe ich Julius gesagt, er solle das mit dir beenden. Natürlich hat er das nicht verstanden, im Gegenteil, er wollte mehr von dir. Ich habe es kaum ertragen, in meinem Zimmer nebenan zu liegen, während ihr wer weiß was getan habt. Aber dann standest du vor meinem Balkon. Das war so albern, aber auch so verdammt schön. Seit dieser Nacht warte ich eigentlich nur auf den Moment, es dir zu sagen.« Glänzende Augen, gerötete Wangen, leise rieselnder Schnee. »Ich bin verliebt in dich, Katinka. Ich bin ganz schrecklich verliebt in dich.«

183

Das Kribbeln, dass jeden Zentimeter meines Körpers durchflutet. Der pochende Pulsschlag, der heißes Blut durch meinen Körper pumpt, meinen Kopf erhitzt, die viel beschriebenen Schmetterlinge freisetzt. Es ist zu viel für hier, zu viel für mich. Zu viel Information, zu viel Reaktion, und ihre wartenden Augen ruhen auf mir, während ich meine, zu implodieren. Ich muss etwas erwidern. *Geht mir auch so.* Kann ich das so sagen? Kann ich überhaupt noch sprechen? Ich bewege meine Beine, es geht noch. Das ist gut. Ich kann gehen. Ich könnte weggehen. Aber ich will nicht weggehen. Ich ...»Aber wieso hast du dich dann nicht gemeldet? Wieso hast du mich nicht vorher mal gefragt, ob ich diesen angeblichen Brief bekommen habe? Wieso standest du noch gestern da in Daniels Arm und hast ihn hämisch reden lassen?«

»Es ist nicht so einfach, nach zwei Jahren mit seinem Freund Schluss zu machen, der sich gar nichts zu Schulden kommen ließ.«

Ich nehme etwas Abstand. Da ist so viel Widerspruch.»Ich weiß nicht, was ich glauben soll.«

»Nein, nein, es ist alles so, wie ich gesagt habe. Ich weiß bloß nicht, wie ich Daniel das erklären soll.«

In diesem Moment sehe ich eine Gestalt hinter ihr, die auf uns zugeht.»Jetzt kannst du es versuchen«, kommt es mir ausdruckslos über die Lippen. Emilia fährt herum. Vor uns steht ihr Freund in seinem schicken, schwarzen Mantel und breitet die Arme aus:»Lili... Ich habe auf dich gewartet.«

Ich fühle mich wie im Film. Emilia steht zunächst regungslos da. Da ich hinter ihr stehe, kann ich ihr Gesicht nicht sehen, ich habe keine Ahnung, wie sie reagiert. Doch bevor sie irgendetwas von sich gibt, kommt ihr Daniel wieder zuvor:»Nicole hat euch weggehen sehen, also bin ich hier her. Ich weiß, wir hatten Stress gestern. Aber ich dachte, wir wollten noch einmal reden.«»Daniel«, setzt Emilia an.»Das ist kein guter Zeitpunkt.« Genau. Mach, dass er weggeht. Doch er schüttelt nur den Kopf:»Ich meine es ernst. Ich habe eingesehen, dass ich übertrieben habe. Entschuldige. Bitte, lass uns noch einmal reden. Ich kann so nicht nach Hause gehen.« Merkt denn der Typ gar nicht, dass hier noch eine Person anwesend ist? Jetzt dreht sich Emilia zu mir:»Tinka... bitte sag etwas.«

Alle Augen richten sich auf mich. Schon steigt mir wieder Röte ins Gesicht und Angst durchflutet meine Brust. Ich schaue von Daniel zu Emilia und wieder zurück. Ich bin wie gelähmt. Was soll ich schon sagen? Stattdessen ergreift Daniel wieder das Wort:»Das ist doch wohl bitte etwas zwischen dir und mir, Lili.«

Sie schaut mich fragend an. Ich kann ihr nicht helfen. Ich kann mir nicht helfen. Ich fühle mich fast wie damals hinter dem Vereinshaus, als Debora mich stehen ließ. Als dieser ganze Berg von Angst über mir zusammenbrach, mich reglos machte und mich unter sich begrub. Wenn ich jetzt handle, was kommt dann? Was kann dann überhaupt kommen? Ich schüttle den Kopf:»Ich weiß nicht, was ich dir sagen soll – Ich weiß nicht mal, was ich dir glauben kann. Dort steht dein Freund.« Und es tut weh.

Emilias Gesicht verliert jeden Ausdruck. Als wäre nun auch sie leer. Gelähmt. War es das jetzt? Ich öffne den Mund, will irgendetwas sagen, was die Situation entschärfen könnte, doch da geht sie schon auf Daniel zu.»Komm, lass uns reden.«

Noch einmal schaut sie mich direkt an, mich Salzsäule, mich

starres Etwas, das nicht weiß, wie ihm geschieht. Dann gehen sie zurück in die Richtung, aus der wir gekommen waren und ich bleibe zurück. Ungläubig sehe ich ihnen nach. Natürlich könnte ich hinterhergehen. Ich könnte sie rumreißen, ihr ins Gesicht sagen, dass ich doch auch verliebt bin, aber so viel Angst habe und so verletzt war, dass es mich auffrisst und dass mir alles so unendlich leid tut – aber ich bleibe stehen.

Meine Füße finden irgendwie den Weg zu den Haltestellen und der Bus bringt mich nach Hause. Verwirrt, voller Schnee und überfordert betrete ich mein Heim.

»Na, Tinka, wie war es noch?«, fragt mich meine Mutter. Ich schüttle nur mit dem Kopf. Bahne mir wie auf Autopilot geschaltet meinen Weg ins Zimmer, schließe die Tür und lehne mich daran an. Emilia hat mir eben gesagt, dass sie in mich verliebt ist. In mich. Und ich ... bin nicht darauf eingegangen.

Weil ich das nicht glauben kann. Wenn das alles so wäre, warum hat sie dann immer noch diesen Typen? Andererseits ... Wieso sollte sie lügen? Ich kann das alles nicht richtig einordnen und irgendetwas in mir sagt mir, dass ich mich nur vernünftig verhalten habe. Ja. Bloß ... wenn sie mir wirklich diesen Brief geschrieben hat ... Dann ... Dann war ich gerade zu hart. Wenn das wirklich von vorne bis hinten alles so stimmt, was sie gesagt hat, dann ... Habe ich gerade alles falsch gemacht.

Es klingelt unten an der Tür. Meine Wanduhr verrät mir, dass wir bereits elf Uhr haben. Wer zum Teufel schellt jetzt noch? Ich öffne die Tür einen Spalt und lausche. »Katinka!«, schallt die Stimme meiner Mutter hoch. Unsicher gehe ich die Treppe hinunter. Meine Mutter hat die Klinke in der Hand, schaut mich an und zeigt nach draußen, dann verschwindet sie in der Küche. Was kommt jetzt noch?

»Hallo«, begrüßt mich ein hohes Stimmchen. Vor mir steht in einen dicken, flauschigen Mantel gehüllt niemand anderes als Nicole. Mit roter Nase und glühenden Wangen schaut sie irgendwie elend aus. »Hier«, sagt sie und hält mir etwas hin. Ich erkenne es sofort. »Nimm.« Ich nehme den Brief entgegen. Das muss ein harter Schritt für sie sein.

Sie verschränkt die Arme. »Na gut, ich gebe es zu. Du hast mich genervt. Lili hat mit dir genervt. Ich dachte, du nimmst sie mir weg. Erst Julius und jetzt sie. Und ich hab echt nicht kapiert, was sie mit dir wollte. Als sie mir dann diesen Brief gab, habe ich halt reingeguckt.« Sie zuckt mit den Schultern und meidet meinen Blick.

Ich sage noch immer nichts.

»Eins ist klar, ich mache das nicht für dich«, spricht sie weiter. »Ich bin dir keine Rechenschaft schuldig.« Noch ein Schulterzucken. »Ich will da auch gar nichts weiter zu sagen.« Mit verkniffenem Blick schaut sie zu Boden.

»Und jetzt bist du extra noch hierher gekommen, um mir den Brief zu geben?«, sage ich schließlich.

Sie seufzt und zieht die Augenbrauen hoch. »Egal, was ich darüber denke und was ich meine, wie es richtig wäre ...« Sie hebt den Blick. »Als Lili mich gerade angerufen hat, war sie wirklich sauer. Also wirklich richtig sauer. Jetzt lies das Ding und ... keine Ahnung.«

»Danke, Nicole.«

Sie nickt und macht einen Schritt zurück. »Dann... Ciao.« Mit diesen Worten dreht sie sich weg und stöckelt zu einem weißen

Auto, das an der gegenüberliegenden Straßenseite hält. Zum ersten Mal in diesem Leben fühle ich so etwas wie Anerkennung für Nicole. In meiner Hand halte ich einen bereits aufgeschnittenen Briefumschlag.

Auf meinem Bett sitzend lese ich Emilias handgeschriebenen Text. Als ich fertig bin, gehe ich ihn gleich noch ein zweites Mal durch. Ja. Das ist genau das, was sie mir vorhin unter Tränen gesagt hat. Das ist ein sehr persönliches Geständnis, mir gewidmet und... Ich kann kaum fassen, dass ich dieses Mädchen gerade habe gehen lassen.

Und ich weiß, dass auch du dir viele Gedanken machst. Ich kann dir auch nicht versprechen, dass es leicht werden würde. Ich weiß selbst nicht, wie die Leute in meinem Umfeld darauf reagieren würden. Was ich aber weiß, ist, dass das mit dir etwas Besonderes ist und egal, was das genau bedeutet – ich will diese Chance nicht verpassen. Tinka, wenn es dir ähnlich geht wie mir, dann wähl die Nummer auf der Visitenkarte und ruf mich bitte an. Bitte. Wenn es dir aber nicht so geht, tut es mir leid, wenn ich dich in eine unangenehme Situation gebracht habe. Dann lasse ich dich von nun an in Ruhe.

Deswegen hat sie nichts gesagt. Sie ging davon aus, dass ich sie angerufen hätte, wenn es mir auch so gegangen wäre. Oh nein. Ich fühle mich so schäbig. Und jetzt habe ich sie mit Daniel gehen lassen und ... Ich muss sie anrufen. Jetzt. Schnell schaue ich noch einmal in den Umschlag. Nichts. Schüttle den Brief aus – nichts. Keine Visitenkarte. Ob das jetzt eine weitere Boshaftigkeit von Nicole war oder ob sie einfach herausgefallen ist – ich habe immer noch nicht Emilias Nummer. Das ist doch wie verhext! Ein Blick auf die Uhr – es ist nach Mitternacht. Entnervt

188

stöhnend falle ich zurück auf mein Bett. Mir bleibt nichts anderes, als auf morgen zu warten.

In dieser Nacht drehe ich mich im Minutentakt von einer Seite zur anderen und gehe immer wieder durch, was ich Emilia sagen könnte. Alles klingt falsch. Als mein Wecker mich um acht Uhr hochschrecken lässt, bin ich nicht nur wach, ich fühle mich gar überdreht. Der Plan ist unklar, aber er muss durchgezogen werden. Ich werde zum Haus der Weiderings fahren, denn ich muss Emilia sprechen. Ich werde ihr sagen, dass mein Verhalten Mist war, dass es mir leid tut und dass ich ... tatsächlich, verliebt in sie bin. Wie ich das genau anstelle und was dann passiert, ist nebensächlich. Es zählt nur, dass ich es tue. Das hat Lea mir noch ungefähr 378 Mal gesagt, nachdem ich ihr die neusten Entwicklungen erzählt habe. An der Haustür verabschiedet sie mich und versichert mir, jederzeit für mich per Handy erreichbar zu sein. Sie drückt mich und gibt mir dann einen leichten Schubs: »Und jetzt schnapp sie dir!« Dann schließt sich die Tür.

Noch nie kam mir der Weg so kurz vor wie an diesem Morgen des 23. Dezember. Viel zu schnell für mein Empfinden bringt mich der Bus zu der Haltestelle in der Bahnseider Allee. Mit bedächtigen, kleinen Schritten nähere ich mich dem Haus. Der Himmel ist glasklar an diesem Morgen. Hellblau. Mein Atem bildet kleine Wölkchen in der kühlen Luft. Was, wenn sie sich gestern noch mit Daniel versöhnt hat? Auch wenn meine Schwester dies für unwahrscheinlich halten mag – wer weiß schon, was passiert ist? Wenn sie zwei Jahre mit ihm zusammen war, trennt man sich nicht so einfach. Das hat sie auch gesagt. Ich weiß es nicht. Aber jetzt ist es zu spät. Jetzt stehe ich vor der bekannten Haustür, der Kranz baumelt und das Namensschild unterhalb der Klingel erinnert mich unweigerlich daran, wo ich bin. Also betätige ich die Schelle. Und halte die Luft an. Es vergehen ein paar bange Augenblicke, bis sich die Tür vor mir schließlich öffnet. Leider ist es die Person des Hauses, die ich am wenigsten sehen will. »Was willst du denn hier?«, knurrt mir Julius entgegen.

Augen zu und durch. »Julius, es tut mir leid.«

»Ach ja?«

»Ja!«

»Und das fällt dir an diesem Sonntagmorgen ein und dafür klingelst du mich wach?«

»Nein... Ich bin auch eigentlich nicht deswegen hier...«

»Ach?«

Nur mit der Ruhe, Tinka. »Ich weiß, ich war nicht fair zu dir. Ich habe dich übertrieben beleidigt, obwohl du mir nichts getan hast. Eigentlich war ich noch viel schlimmer zu dir als nur gemein. Um ehrlich zu sein, habe ich dich schon unter falschen Voraussetzungen kennengelernt. Ich war nicht einmal richtig an dir interessiert, aber das lag nicht an dir, sondern bloß daran, dass ich mit mir selbst ein Problem hatte... habe... Es tut mir leid, dass ich dich da mit reingezogen habe. Eigentlich mag ich dich sehr. Aber eben nicht so.«

Julius schaut mich an wie ein Auto. »Verstehe ich jetzt nicht ganz.«

»Ich weiß. Es ist auch alles blöd. Aber ich kann dir jetzt gar nicht viel mehr erklären, ich muss nämlich dringend mit deiner Schwester sprechen.«

»Die ist nicht da.«

»Oh nein.« Einen kurzen Moment sehe ich sie vor meinem inneren Auge bei Daniel.

»Ich glaube, sie ist noch im Theater. Die mussten alle heute morgen anrücken, um aufzuräumen.«

»Wirklich?«

»Warum sollte ich lügen?« Seine Teddyaugen sehen ehrlich aus.

»Kannst du mir bitte ihre Handynummer geben?«

Ich weiß, dass er es nur ungern tut, aber ob widerwillig oder nicht, er holt sein Smartphone und liest mir Emilias Nummer vor.

»Ich danke dir, Julius. Ich danke dir wirklich.«

Er zuckt die Achseln.

»Machs gut! Es tut mir wirklich leid.« Und schon bin ich wieder auf dem Weg zum Bus. Jetzt habe ich ihre Nummer. Soll ich sie anrufen? Ist anrufen nicht zu blöd, wenn ich es ihr jetzt auch persönlich sagen kann? Aber was, wenn sie nachher doch schon fertig mit dem Aufräumen ist und ich sie verpasse? Ich wähle ihre Nummer. Während ich an der Haltestelle auf den nächsten Bus Richtung Innenstadt warte, baut mein Handy die Verbindung auf – und wirft mich direkt aus der Leitung. »Die von Ihnen gewählte Rufnummer ist zurzeit nicht erreichbar.« Sie hat ihr Handy aus, verdammt! Da kommt der Bus. Gut, immerhin ist die Anbindung schnell. Gerade als ich mir einen Sitzplatz gesucht habe, fällt mir ein, dass auch Milan zu der Theatergruppe gehört. Im Gegensatz zu Emilia nimmt er direkt den Hörer ab.

»Milan!«

»Ja, der bin ich. Was beehren Sie mich so früh mit ihrer süßen Stimme?«

»Quatschkopf. Du bist im Theater?«

191

»Genau. Woher weißt du das?«

»Ist doch egal. Ist Emilia auch da?«

»Ja, die turnt hier irgendwo rum. Wir sind aber gleich fertig.«

»Bitte, lass sie nicht gehen.«

»Was?«

»Wenn ihr gleich gehen wollt, bitte halte sie auf. Ich muss sie sprechen.«

»OK, ich kann es versuchen, aber Daniel macht schon die ganze Zeit Stress.«

Schock. »Was macht er denn da?«

»Helfen? Keine Ahnung. Was ist überhaupt los?«

»Ich bin gleich da. Halt sie einfach auf.«

Warum ist Daniel da, sie wird es sich doch wohl nicht anders überlegt haben? Jetzt habe ich wirklich Angst. Und wenn sie sich gestern wieder vertragen haben? Soll ich trotzdem, wie Lea so schön sagte, kämpfen? Der Bus hält abrupt an. Der Fahrer raunt irgendetwas in genervtem Tonfall, lautstark ertönt die Hupe. Durch die Windschutzscheibe erkenne ich das Problem: Wir stehen im Stau. Dafür habe ich keine Zeit. Ich springe zum Busfahrer: »Stau?«

»Sieht so aus. Wohl ein Unfall.«

»Können Sie mich hier raus lassen?«

»Mitten auf der Straße?«

»Ich muss schnell zum Rathaus-Theater und ich glaube, zu Fuß werde ich schneller sein.«

»Na denn.«

Neben mir öffnet sich die Tür. »Vielen Dank!«, rufe ich im Weggehen noch schnell. Es ist nicht mehr so weit bis zum Theater. Vielleicht nützt mir die fußballerische Kondition jetzt auch

192

mal außerhalb des Platzes. Ich erklimme die Treppen, die ich am Vorabend noch wie taub hinabgeschritten war. Ich passiere die Stelle, an der Emilia mir gestern das schönste Geständnis gemacht hatte, was ich mir vorstellen kann, und an welchem die Geschichte ein erfreuliches Ende hätte finden können. Leider habe ich das Happy End verpasst und keuche nun mehr durch die kalte Morgenluft, bemüht, nicht auf dem verschneiten Kopfsteinpflaster auszurutschen, immer weiter zum Theater. Zielsicher steuere ich auf den Bühneneingang zu, reiße die Tür auf, gehe große Schritte – und werde jäh zurückgepfiffen.»Stopp!«

Ich drehe mich um. Zu meiner rechten Seite befindet sich ein Schalter. Mit einem Pförtner dahinter. Den habe ich gestern überhaupt nicht wahrgenommen.

»Sie können hier nicht einfach hereinspazieren«, knödelt er unter seinem Schnauzbart hervor.

»Ich gehöre zu den Leuten von der Theatergruppe, die hier aufräumen müssen.«

»Die sind doch gerade gegangen.«

»Oh nein.«

»Hier sind bestimmt 20 Leute an mir vorbeigelaufen, erst vor ein paar Minuten.« Mit seinem faltigen Gesicht schaut er mich streng an.

Ich ziehe mein Handy hervor. Keine Nachricht, kein Anruf. Milan hätte mir doch Bescheid gesagt, wenn alle schon weg wären. Ich wähle seine Nummer. Kein Empfang.»Bitte, lassen Sie mich zur Bühne durchgehen. Ich muss schauen, ob noch jemand da ist.«

Der alte Mann schaut mich nur miesepetrig an.

»Hören Sie. Ich stelle auch nichts an. Wenn diese Person

193

nicht da ist, bin ich in fünf Minuten wieder raus.«

»Ich darf niemanden Unbefugtes durchlassen.«

Gleich bin ich mit meiner Geduld am Ende. »Lieber Herr Pförtner. Wir haben doch fast Weihnachten. Hier in diesem Gebäude sollte sich die Person befinden, die vorher noch wissen muss, was ich für sie empfinde. Es hat mich Jahre gekostet zu kapieren, dass ich überhaupt so etwas empfinden kann. Nach einer nahezu schlaflosen Nacht bin ich nun extra früh aufgestanden, zu ihrem Haus gefahren, musste feststellen, dass sie nicht dort ist, sondern in diesem Theater, bin dann durch die halbe Stadt hier her gerannt – und jetzt stehe ich hier. Bitte, bitte, lassen Sie mich durchgehen. Können Sie keine Ausnahme machen, im Namen ... der Liebe?«

Der Mann mustert mich. Sofort schäme ich mich ein wenig, so schmalzigen Kram von mir gegeben zu haben. Dann zeichnen sich kleine Lachfalten auf seinen Wangen ab. »Ich könnte auch einfach jemanden ausrufen«, sagt er.

»Milan Rentsch bitte.«

Keine fünf Minuten später stößt Milan durch die Tür zu uns. »Na endlich«, begrüßt er mich.

»Ja. Ich werde hier gerade vom Pförtner nicht hereingelassen.«

»Ach, der Horst«, er nickt dem Pförtner zu und dieser zuckt mit den Schultern. »Darf ich sie wohl eben mit nach hinten nehmen?«, fragt Milan.

Horst schaut ihn an, schaut mich an, grinst und nickt. Sein kleines Auge zwinkert mir zu. Glück gehabt.

»Ich musste voll den Terz machen, damit sie noch nicht geht«, raunt Milan, während ich ihm den Gang entlang folge.

»Das tut mir leid. Weiß sie, dass ich dich darum gebeten habe?«

»Nein. Sollte sie?«

»Weiß ich nicht.«

»Du bist so seltsam, Mädchen.« Wir erreichen den Bühnenaufgang. »Emilia müsste noch hier sein, wir hatten ein paar Probleme mit dem Abbau des Balkons. Naja, ich habe die Probleme verursacht.« Milan grinst verschwörerisch.

»Ich danke dir. Du bist der tollste Freund der Welt«, sage ich und meine es so. Er lächelt etwas unbeholfen angesichts so viel Sentimentalität. Dann gehe ich an ihm vorbei und betrete den hinteren Teil der Bühne. Ich kann sie sehen. Sie steht mitten auf der Bühne mit dem Rücken zu mir und schaut sich irgendetwas an der Decke an. Mein Herz schlägt über die Maßen deutlich. Dann ist es jetzt so weit. Ich will auf sie zu gehen – doch in dem Moment tritt aus dem Dunkel des Bühnenbereichs Daniel zu ihr. Ich bleibe sofort stehen.

»Na, was ist jetzt?« Milan ist hinter mir. Ich ziehe ihn hinter einen der Vorhänge.

»Sind sie noch zusammen?«

»Hä?«

»Sind Daniel und Emilia noch ein Paar?«

»Warum sollten sie keines mehr sein? Und warum verstecken wir uns im Vorhang? Sag mal hast du irgendetwas genommen?«

»Milan, ich kann dir jetzt leider nicht die ganze Geschichte erzählen, dazu fehlt die Zeit. Es ist bloß so, dass mir gerade die Nerven versagen, weil ich nicht weiß, ob die beiden noch ein Liebespaar sind.«

In Milans Gesicht zeigt sich nichts als Verwirrung. »Bist du

195

in ihn verknallt?«

Ich seufze.»Milan. Bitte.«

Ich kann sehen, wie seine angespannten Gesichtsmuskeln langsam nachgeben und sich sein Gesichtsausdruck verändert. Er versteht.»Etwa in sie?«

»Wie gesagt, keine Zeit für Erläuterungen. Ich muss das jetzt klären. Ich muss einfach.«

Er schaut mich an. In seinem Kopf greifen sicher gerade tausend Zahnrädchen ineinander und versuchen, das gerade Gehörte zu verarbeiten. Er packt mich an den Schultern und sagt:»Weißt du noch, was ich über Theaterspielen gefaselt habe? Über die Masken, die wir uns aufsetzen? Ich glaube, du bist viel zu lange mit einer rumgelaufen.« Er gibt mir einen Klaps und tritt hinter dem Vorhang hervor.»Hey Daniel!«, ruft er auf die Bühne.»Ich bräuchte mal eben Hilfe bei ... einem Schrank ... ähm, kannst du herkommen?«

Ich höre Schritte und sehe, wie Daniel neben Milan erscheint.

»Was ist denn jetzt schon wieder«, mault er.

»Hier entlang!« Schon verschwindet Milan mit Daniel im Schlepptau irgendwo auf dem Gang zu den Umkleiden.

Jetzt oder nie. Ich trete aus meinem Versteck hervor und gehe geradewegs auf die Bühne, wo Emilia immer noch vor sich hin starrt. Klein wirkt sie auf dieser großen Bühne. Völlig anders als gestern. Sie steht einfach da, ganz natürlich, ganz echt. Nicht postiert, um in starrer Haltung und gedankenverloren mit ihrem Haar zu spielen. Ich habe sie mal für perfekt gehalten und spüre immer mehr, wie schön es ist, dass sie es nicht ist.

Als meine Schritte die Bretter zum Knarzen bringen, dreht sie sich um. Stutzt. Wischt sich eine Strähne aus dem Gesicht.

196

»Es tut mir leid«, bringe ich mit gebrochener Stimme hervor. Sie sagt nichts. Ich verringere den Abstand zwischen uns und trete langsam näher. »Wie ich gestern reagiert habe, tut mir leid. Nein, mir tut auch schon leid, wie ich nach der Weihnachtsfeier reagiert habe. Ich war emotional überfordert«, stammle ich. »Dabei ist eigentlich alles so klar.«

Ich bleibe stehen. Uns trennen noch zwei Schritte und eintausend unausgesprochene Worte. »Ich kann dir gar nicht alles sagen, was ich dir jetzt sagen sollte, aber ich will es versuchen. Zum Beispiel, dass ich gar nicht stark bin. Dass du dich getäuscht hast, als du meintest, das in mir zu erkennen. In Wahrheit bin ich nämlich ganz schwach. Ich führe auch kein so ehrliches Leben. Ich versuche immer den Weg des geringsten Widerstands zu gehen. Und ich laufe vor Problemen davon.«

Luft holen. »Ich will nicht *anders* sein.« Die Worte kommen mir etwas leiser über die Lippen.

Emilias Augen ruhen auf mir, unaufgeregt, aufmerksam.

Weiter. »Aber wenn ich dir das erzähle, muss ich dir auch sagen, dass ich seit Wochen meine Augen kaum von dir lassen kann, weil ich fasziniert zugesehen habe, wie das perfekte Mädchen mir Stück für Stück mehr ihrer Fehler darlegte – und sie mir dennoch immer schöner vorkam.«

Ein feines Lächeln umspielt ihre Lippen.

»Ich habe es gar nicht richtig gemerkt, weil ich solche Angst davor hatte ... habe Offensichtliches übersehen. Aber dieses Gefühl, es wurde immer heftiger, so heftig, dass ich nicht mehr ertragen konnte, dich mit Daniel zu sehen. Du weißt, wohin das führte ... Tja. Ich habe mich verliebt. Richtig verliebt, zum ersten Mal in meinem Leben. In dich. Deswegen stehe ich jetzt vor dir,

197

im Gepäck habe ich meine ganze Angst, und frage dich dennoch – willst du mich noch so?«

Emilia blinzelt mich an.

Mein Atem geht zu schnell. Mein Herz pocht zu laut. Jeder Muskel ist angespannt.

Und dann spricht sie:»Ja. Ich will dich noch so.«

Mit einem Mal fallen mir alle Steine dieser Welt vom Herzen. Sie strahlt. Für mich. Ich wanke schüchtern von einem Bein auf das andere, zögere, bis sie mich lächelnd zu sich winkt. So überwinde ich die letzten zwei Schritte, schiebe Angst und Unsicherheit einen Moment zur Seite, nehme ihr Gesicht in meine Hände und gebe ihr den erlösenden Kuss. Ja. Das fühlt sich richtig an. Vereint stehen wir hier auf dieser Bühne, ich bin nicht Romeo, sie ist nicht Julia, und keine Geschichte könnte schöner sein.

Abrupt lässt sie von mir ab. Ich drehe mich um. Ach ja. Er war ja auch noch da. Daniel steht breitbeinig hinter uns, mit den Händen in den Hosentaschen und einem verkniffenen Blick. Milan steht hinter ihm und hebt entschuldigend die Hände.

»Jetzt wird mir einiges klar«, sagt Daniel.

Emilia geht auf ihn zu.»Es tut mir leid.«

»Ach hör auf. Wie lange geht das schon?«

Sie schüttelt den Kopf.»Kann ich dir nicht sagen.«

»Was?«

»Ich kann dir nicht sagen, wann es anfing.«

»Meine Fresse. Und ich dachte, ich hätte irgendetwas falsch gemacht!«

»Hast du nicht.«

»Sehe ich, du bist einfach nur ... krank!«

Autsch.

»Daniel, es tut mir leid, dass ich dir weh getan habe.«

»Und ich komme auch noch mit hier her und helfe euch. Wie dumm bin ich eigentlich!«

»Ich habe dir gesagt, du sollst nicht mitkommen. Du wolltest es so.«

»Kann ich ahnen, dass du hier eine Lesbenshow startest?« Sein Kopf wird puterrot, ich glaube, er platzt gleich. Jetzt guckt er mich an. »Was bist du eigentlich für eine Schlampe? Debora, Julius, jetzt Emilia ...«

»Lass das«, zischt Emilia.

»Sag du mir nicht, was ich tun und lassen soll. Ich hab dir lang genug alles recht gemacht, nur dafür, dass du mich jetzt so stehen lässt!«

»Ich habe dir gesagt, dass es keinen Sinn mehr hat. Vielleicht hätte ich das eher tun können, ja. Das war auch nicht einfach für mich!«

»Nicht einfach für dich. Witzig!« Schnaubend dreht er sich weg, nur um sich uns dann erneut zuzuwenden: »Deswegen warst du immer so abweisend! Deswegen hast du mich abends noch weggeschickt! Du hast dir die ganze Zeit auf dieses Miststück einen runtergeholt!«

Sie steht da und lässt seinen Zorn auf sich niederprasseln, ohne eine Miene zu verziehen. Wahrscheinlich hätte ich ihm bereits eine verpasst.

»Ekelhaft. Ich bin raus.« Er macht auf dem Absatz kehrt, nicht ohne Milan noch mit der Schulter anzurempeln. Dieser reibt sich den Arm und wirft mir einen mitleidigen Blick zu. Ich zucke mit den Achseln. Niemand könnte mir gerade so egal sein wie Daniel.

Während Milan sich dezent zurückzieht, nehme ich erstmals meine neue Rolle als Emilias Partnerin ein. Ich greife ihre Hand. Erst fürchte ich, ihr ist nicht danach, doch dann dreht sie sich zu mir und lehnt ihren Kopf an meine Schulter. Fast komme ich mir schlecht vor, weil ich gerade von Glücksgefühlen durchströmt werde, während sie sich offenbar nicht gut fühlt.

»Ich hätte einiges anders machen müssen ...«, spricht sie in meine Jacke hinein.

Ich nehme sie fest in den Arm. Mein Blick schweift durch den opulenten, leeren Theatersaal. »Nun werden es bald viele wissen«, seufze ich. »Und es macht mir Angst.«

Lili schaut mich besorgt an.

Ich muss unweigerlich grinsen: »Aber das ist mir egal.«

Nun grinst auch sie.

Das ist also das große Finale. Der Vorhang schließt sich, die Leute gehen heim, alle mit dem Gefühl, dass die Geschichte mit dieser Szene ihre Vollendung gefunden hat. Das Happy End. Hier, in diesem Moment und bis in alle Ewigkeit. Ein bisschen fühlt es sich auch für mich gerade so an. Unmöglich, mir vorzustellen, was nach dieser innigen Umarmung geschieht. Was wird passieren, wenn wir die Bühne verlassen und hinaustreten in die echte Welt? Das ist ein Theaterstück, das erst noch geschrieben werden muss. Vielleicht werden sie dann den Scheinwerfer auf mich richten. Vielleicht werden sie mich Lesbe rufen, hinter meinem Rücken über mich tuscheln und den Kopf schütteln. All das, während sie sich hinter ihren Masken verstecken, mit Bühnenschminke ihr Aussehen verändern und auswendig gelernte Predigten wiederholen. Vielleicht wird es so kommen.

200

Ich sollte damit rechnen. Aber egal, was passiert, ich setze mir von nun an keine Maske mehr auf. Ab jetzt spreche ich meinen eigenen Text. Und meine schönsten Dialoge mit Emilia.

EPILOG

»Debora, warte mal.«

Ohne sich umzudrehen, bleibt sie am Tor des Vereinsgeländes stehen. Das Spiel war anstrengend, mein Kopf glüht noch regelrecht und bekommt noch einen extra Schub Hitze durch die mir bevorstehende Situation. Ich habe es mir so vorgenommen, also werde ich es auch tun. Mit Bedacht lege ich mir meine Worte im Kopf zurecht und gehe auf sie zu. »Ich will mich bei dir entschuldigen.«

Jetzt hebt sie den Kopf, sieht mich misstrauisch an.

»Wir haben beide Fehler gemacht und ich wünsche mir, dass wir vergeben und vergessen können.«

»Wieso denn das auf einmal?«, antwortet sie. Sie traut mir nicht. Ich ihr auch nicht.

»Lass uns noch einmal von vorne an fangen«, schlage ich dennoch vor.

Leute gehen an uns vorbei. Es ist Samstag Nachmittag, einer der sonnigsten Tage des neuen Jahres und der Platz lebt. Ich schiebe sie ein wenig vom Durchgang weg zur Seite, um den Menschen nicht im Weg zu stehen, trotzdem stoße ich mit einem zusammen. Aus dem Augenwinkel sehe ich noch die rote Daunenjacke verschwinden. Dem sehe ich besser nicht hinterher. Stattdessen widme ich all meine Aufmerksamkeit noch einmal meiner einstigen Erzfeindin. Sie scheint nicht zu wissen, was sie antworten soll. Ich hoffe, sie tut es bald. Ihr Blick fällt auf irgendetwas hinter mir, dann sieht sie mich an und kneift die Augen leicht zusammen. Ein Schulterzucken. Dann dreht sie sich weg und verlässt das Gelände. Na toll. War das jetzt gut? War es schlecht? Hätte ich ihr sagen sollen, dass sie recht hatte? Geht sie das überhaupt etwas an?

Eine Hand streift meinen Arm. »Was hat sie gesagt?« Es ist Emilia, die sich eben mit meiner Schwester und ihrem Tobias zusammen mein erstes Spiel dieses Jahr angesehen hat. Eine verrückte Vorstellung, die mich unweigerlich zum Lächeln bringt.

»Nichts hat sie gesagt.«

»Immerhin hast du es versucht.«

»Ja.« Mehr kann ich nicht tun.

»Sag mal ... Was grinst du so?« Sie mustert mich irritiert und doch amüsiert.

Ich nehme sie an die Hand: »Pass mal auf.« Ich führe sie um das Vereinshaus herum, an einen mir wohlbekannten Ort, mit dem ich bloß bisher die falschen Erlebnisse verbunden habe. Die Geräusche des Platzes klingen gleich dumpfer und die Sonne wirft nur vereinzelte Strahlen hier her.

»Danke, dass du zu dem Spiel gekommen bist«, sage ich.

»Das ist doch selbstverständlich«, antwortet Emilia.

»Nein. Daniel ist auch hier. Es ist mutig, dass du gekommen bist.«

»Er hat mich gesehen. Gerade eben. Wir haben uns flüchtig gegrüßt.«

»Echt?«

»Ich war auch überrascht.«

»Mich hat er angerempelt.«

Emilia atmet tief aus. »Er hat da noch dran zu kauen. Deswegen hat er es auch niemandem gesagt.«

»Er schämt sich. Weil ein Mädchen ihm die Freundin ausgespannt hat.«

»Du bist doch froh, dass er es nicht erzählt hat. Aber lass uns nicht über Daniel sprechen.«

»Ich hatte eh etwas anderes vor.«

Ein wissendes Lächeln legt sich auf ihr hübsches Gesicht. »Nun gut. Was machen wir hier, abseits der vielen Menschen und in aller Heimlichkeit?«

Ich trete näher an sie heran. »Das ist ein wunderbarer Ort, um zurückgehaltene Sehnsüchte zu wecken«, erkläre ich mit gedämpfter Stimme.

»Welche Sehnsüchte...«, steigt sie in das Spielchen mit ein, weicht einen Schritt zurück und steht nun mit dem Rücken an der Wand.

»Die, die ich immer so arg empfinde, wenn ich dich sehe...«

Als wir wieder hinter dem Haus hervortreten, bin ich fast geblendet von der Helligkeit. »Bald ist Frühling!«, stelle ich fest und fühle wirklich so etwas wie Vorfreude.

»Bald sind Abiturklausuren«, ergänzt Emilia.

Ich bin zu gut gelaunt für derlei Gedanken: »Bald müssen wir nie mehr zur Schule!«

»Bald müssen wir uns für einen Beruf entscheiden.«

»Bald ist Abiball!«

Jetzt schaut sie mich an: »Gefällt dir der Gedanke daran?«

204

Ich grinse.

»Gehen wir da zusammen hin?«, fragt sie und fügt etwas leiser hinzu: »... als Paar?«

Blau in blau, ihre Augen und der Himmel, und in beidem sehe ich die Sonne, die so warm auf uns herab scheint. Und meine Antwort ist klar: »Natürlich, Lili.«

DANKSAGUNG

Mein allererstes Buch erblickt zum zweiten Mal das Licht der Welt. Mein Dank gilt immer noch meinen Leserinnen und Lesern der ersten Stunde: Ramona, du warst meine erste Leserin. Deine funkensprühende Energie und ehrlichen Worte gaben der Geschichte den letzten Schliff und mir Mut. Danke auch an Carla und Barbara für eure Anregungen und Kritik. Meiner Familie möchte ich danken, weil sie mir immer Rückhalt gab. Klaus und Mieke – tausend Dank für all die Gespräche und eure stets offene Tür. Danke Anna, dass du sofort bereit warst, Katinka jahrelang dein Gesicht zu leihen. Vanne, danke für deine stetige Unterstützung über all die Jahre! Vielen Dank an Tanja Gerstel und den ehemaligen Butze Verlag für das geschenkte Vertrauen und das ganze Jahrzehnt, in dem Katinka und Emilia bei euch ein Zuhause fanden! Großer Dank bei dieser Neuauflage gilt Chris Wolff für das wunderschöne Cover-Design. Mit euch braucht man keine Masken – dafür danke ich am meisten!